瑞福斯之城

〈TOWN FORRES〉

廣吾——著

目次

序章

這天一如往常，太陽依舊高掛在空中。

坐在教室裡，聽著台上的老師授課。瞥向一旁的諾斯，他正毫不意外的打著瞌睡。

一陣徐風吹撫，窗簾隨之微微擺動，流瀉進教室裡的陽光一閃一滅的。

這天氣實在是太舒服了，讓我情不自禁的想要伸一個大大的懶腰，但礙於現在還在上課，所以動作不能太大。真是彆扭。

「碰——！」

突然，外頭傳來了一聲巨響。我的肩膀一顫，心臟像是跟著漏跳一拍。在還沒有搞清楚狀況前，又接連傳來好幾聲，像是連環爆炸一般。我還沒從驚嚇中回過神，坐在一旁的諾斯已經從睡夢中醒來。他離開了座位，奔向了窗戶邊。

接著，一躍而下。

等等……

這裡可是四樓耶！

我嚇了一大跳，趕緊跑向窗邊，朝窗外望去。

……這是什麼情況？

諾斯不但沒有受傷，甚至在一樓的廣場中奔跑著。

又有兩道身影從我的身邊躍下。

是狄克和克莉絲，落地時他們向前滾了一圈做為緩衝，居然也都毫髮無傷。平時運動神經很好的諾斯也就算了，怎麼連其他兩個人也可以做出那樣身手矯健的動作呢？

眼前的情景令我目瞪口呆。

這到底是怎麼回事？

難道他們有超能力不成？

等回過神來，我已經跟他們三人一起在城鎮上奔跑著。跑在最前頭的諾斯轉過頭說：

「聽說有從沒見過的種族來拜訪我們城鎮耶。」。

「……沒見過的種族？從哪裡來的啊？」

我狐疑，而狄克像個小孩子般興奮的大叫：

「還能從哪裡來？當然是從地外的世界來的啊！」。

他的話讓我也跟著期待了起來。一直以來聽說了許多關於地外人的傳聞，現在居然有機會可以看到他們了！

不知道那些地外來的人長什麼樣子？他們是來做什麼的呢？

突然間，幾道黑影出現。抬頭一看，幾個身材高大的人出現在面前。他們肯定就是地外人！我心想。但仔細一看，除了身材比我們高大外，其他外表跟我們實在沒有太大的差別。

原來也不過如此阿。我有些失望。

「快跑啊！」克莉絲的喊聲從後頭傳來。我轉過頭看，她已經在距離我很遙遠的後方了。

我掃視了一下周遭的情況，發現所有的人都朝著我的反方向跑去。他們驚慌失措、面露著恐懼，口中甚至不斷發出悲鳴。

我的目光重新聚焦於前方。那幾個地外人正揮動著他們的雙手，每一次揮下，就傳來陣陣的慘叫聲，畫面隨之染紅。

他們正肆意屠殺著福瑞斯城的人們。

說是屠殺也有點奇怪，畢竟他們的手上沒有拿著任何的武器，但遍地的屍體已血染了街道，居民們像是損毀的洋娃娃般散落在街上。而地外人的身上沾滿著鮮血。

似乎是注意到了我，他們轉過頭來。

「啊……」

與其中一個地外人四目相接的那一瞬間，我的心跳幾乎要停止了。

腦袋裡瞬間一片空白。

這是什麼回事？

那是我自己。

雖然她滿臉鮮血，但我還是看的出來，那個地外人幾乎長的跟我一模一樣。

我想拔腿轉身逃跑，但恐懼從腳底蔓延，在地上扎了根。我只能站在原地，繼續跟她對視著。

怪物！怪物！怪物！

我在內心不斷大聲咆嘯。

她距離我越來越近了，但我依然沒有辦法動彈。

她慢慢地將滿是鮮血的臉湊到了我的身邊。我不敢呼吸，甚至連顫抖的勇氣也沒有。

「不用害怕——」

她在我的耳邊輕聲地說：

「——因為妳，不也一樣嗎？」

……我不也一樣？

什麼東西一樣……？

……這是什麼意思？

我還沒能理解她的話，眼角的餘光就瞄到了自己的雙手。一瞬間，注意力就被吸引走了。

我緩緩地舉起雙手。

那雙手，同樣沾滿著鮮血。

第一章　巨洞

①

「鈴鈴——鈴鈴——！」

我倒抽了口氣，從床上彈了起來。試圖將意識快速的聚焦於眼前，但還是有些昏昏沉沉的。

我望向一旁的鬧鐘。

原來是作夢嗎……

睡眼惺忪的坐在床上，揉了揉眼睛。那股渾身不舒服的感覺似乎還殘留在指尖，我忍不住打了一個寒顫。

昨天晚上設定鬧鐘時，還對假日要這麼早起有些埋怨，沒想到今天早上反而被這七點準時發出響聲的鬧鐘救了一命。

「……」

一想起剛剛的夢境，那不對勁感依舊餘悸猶存。

我站起身子，想醒醒腦。衣服黏在身上，與皮膚摩擦的觸感有些不快，看來我冒出了不少的冷汗。走到窗戶旁拉開窗簾，刺眼的陽光照進了房間裡。我忍不住瞇起了雙眼。太陽高掛在空中，二十四小時都照耀著我們這座城鎮。眼前這再普通不過的光景讓我發起呆來。它怎麼會有那麼多能量呢？

簡單的盥洗過後，我隨意換上了一套方便活動的衣物，便離開房間，準備下樓。才在樓梯間，就聞到了撲鼻而來的香味。

「早安阿，蕾雅。」

一走進飯廳，歐蘿阿姨就面帶著溫暖的微笑對我問了早。我迫不及待的坐上餐桌：

「早安，今天準備了什麼呀！好香喔。」

「是法式吐司喔。」

歐蘿阿姨踏上放在桌子旁的小木箱，將裝著吐司的餐盤放上了餐桌。

每次看到這一幕，都覺得阿姨真的非常辛苦。身為亞特人的她身材本來就比較矮小，大概只有一百一十公分左右，再加上她逐漸增長的年紀，每次踏上箱子都感覺格外費力。

「謝謝，看起來好好吃喔。」我馬上拿起了盤子裡的吐司咬了一大口。

嗯！味道真的很不錯。

「妳喜歡就好。」

阿姨露出了微笑。雖然大家都說亞特人的五官比較不好看，但我認為才沒這回事，因為阿姨的笑容總讓我感到十分親切。爸爸媽媽時常外出旅遊，因此家中的三餐經常是阿姨幫忙打理的，不僅如此，她還經常幫忙處裡家中許多瑣碎雜事。真的是非常感謝她。

「你們今天又要去哪裡探險了呢？」

歐蘿阿姨站在流理臺前問。當然，因為身高的關係，她依舊得站在一個小木箱上，那樣的高度才方便她在流理檯前打理家事。

「聽諾斯說，似乎是要去隔壁村莊走走。」我拿起牛奶喝了一口。

「隔壁村莊阿，要去那做什麼呢？」

「好像要去那個……什麼大洞看看，諾斯好像一直都很想去。」

那個大洞的名字實在太過拗口，我一時之間想不起來。

「喔，是喔……」歐蘿阿姨突然語氣一沉。雖然她背對著我，我還是發覺氣氛似乎變得不太尋常。但她沒有再多說什麼，我也就不去多想。

吃完吐司，在手中的杯子也差不多見底時，有陣喇叭聲從屋子外頭傳了進來。簡直像是算準了時機，看來是諾斯他們來了。

看了眼手錶，正好是八點。我拿起了隨身的包包，歐蘿阿姨突然叫住了我：

「蕾雅小姐……」

她走到了我的面前，抬起頭仰視著我，眼神裡似乎透露著某種擔憂。

「阿姨，怎麼了嗎？」

「恩……沒什麼啦，多多注意身邊的情況，路上小心啊。」她拍了拍我的肩膀。

「恩，我會的，不用擔心！」我微笑。

「那就好，要玩得愉快阿。」

有時候真覺得歐蘿阿姨是我的另外一個媽媽，為我打理生活，還幫我操心那麼多事。

她今天似乎特別擔心我們，這讓我有些在意。只希望是我想多了。

坐在玄關穿上鞋子，確定隨身物品都有帶齊後，我便打開家門。今天的陽光依舊很大，我瞇起雙眼，伸出手阻擋刺眼的光線。

車子已經停在門口了。

「蕾雅，妳很慢耶，在幹麻呀？」

諾斯搖下車窗，笑著用調侃的語氣說。靠在車窗邊，陽光灑落在他的身上。看著眼前這一幕的我心跳似乎不自覺的加速了。

「是你們太準時了啦。」我笑著抱怨。

「早。」「蕾雅早安！」

我打開車門，狄克和克莉絲已經坐在後座。克莉絲坐在最裡頭，而狄克坐在中間。因為諾斯每次載人的順序都一樣，所以座位一直以來都是這樣固定著。

「大家早安！」

我坐上車，關上車門。

諾斯坐在駕駛座，熟練的駕駛著車子。他去年買這台車時我們非常驚訝。雖然上高中後就有少部分的人會開始駕駛車子，但畢竟真的能在高中就擁有車子的人終究是少數。對於熱愛冒險和旅行的他來說，能擁有一台交通工具的確是方便不少。我們也因此受惠，自從他買了這台車子後，也經常載著我們到處去玩。

他開車時專注的側臉，有時會讓我不小心看的入迷。就像有股莫名的吸引力一般。

「妳吃過早餐了嗎？」

諾斯突然轉過頭問我。我嚇了一跳，連忙撇過頭故作鎮定。

「吃了！」

「那就好，今天的路程會比較長喔。」

諾斯的視線重新回到了前方。應該沒被發現我剛剛盯著他看吧。

「大概要多久啊。」克莉絲探頭到駕駛座旁問。

太近了、太近了，我不禁在心中抱怨。

「差不多一個多小時吧。」

「好的，收到！」克莉絲俏皮的回應，坐回了位置上。

「……」

我瞄了一眼坐在一旁的狄克，他似乎有些沒精神。從我上車後，除了打招呼外就沒說什麼話，只是一直低著頭。是因為太早起床、沒睡飽的關係嗎？車上的氣氛似乎有些過於安靜。平時大家出遊時在車上總是鬧哄哄的，但今天卻格外沉悶。

看向窗外，風景已經從城鎮風光逐漸變得荒蕪。有一些機器人正在田裡工作。正是因為有這些機器人，我們人類才得以幾乎不用工作。

突然覺得我們所居住的新斯蓋村莊真不愧是福瑞斯城的首都。離開了村莊後，周遭幾乎沒有什麼人煙。外頭一成不變的景色，再加上這樣的氣氛，讓我開始有點想睡覺了。

正當我快要睡著時，諾斯突然開口：

「大家怎麼有些安靜啊？是因為太早起床還沒有睡飽嗎？」

他精神飽滿的問，即使看不到也知道他肯定擺著一張笑臉：

「話說狄克，你是不是心情不太好啊？」

居然連諾斯也這麼認為，看來這不是我自己一個人的錯覺。我又偷偷瞄了身旁的狄克一眼。

「沒有啦……哪有心情不好。」狄克笑著說，但那笑容似乎有些勉強。

「是嗎？那就好。」諾斯說。

「恩，我沒事的。」

「其實我今天有點擔心你不想去屋拉諾巨洞呢，討論的時候你不是不挺反對的嗎？」

聽到諾斯的話，我想起了當時討論要去哪裡探險的事情。原來是因為這樣嗎？當時諾斯說要去巨洞探險時狄克突然極力的反對。兩人還因此起了一點小爭執。

「其實也還好啦。」狄克低下了頭。

「真的沒事吧？大家一起出來玩就是要開開心心的啊。」諾斯開朗的語氣在這樣的氛圍裡顯得有些突兀。

「真的沒事啦，不要再問了。」狄克語氣突然變得彆扭。

我屏住了氣息。

「喔……」還好諾斯似乎也發現情況不太對勁，「好啦，對不起。」

「沒事，我才應該道歉……」狄克說完了這句話，車內又陷入了重新沉默。

氣氛比原先更尷尬了。

慘了，是不是該說些什麼挽救這個場面呢？正當我想開口時，發現坐在另一頭的克莉絲對我搖了搖頭，示意我先讓狄克靜一靜。

好吧，看來也只能這樣了。我轉過頭，繼續靠在車窗旁。

瞌睡蟲又重新圍繞到我的身邊，都怪今天約的時間實在太早了。才七點就要起床，我還睡不到八個小時呢。

話說……為什麼一天是二十四小時呢？為什麼大家都要差不多在晚上十二點左右睡覺，早上八、九點左右起床呢？又為什麼過了晚上五點之後，就要叫做「晚上」？

我往外頭看去，耀眼的陽光依舊灑在大地上。太陽高掛在我們這個世界的正中心，並二十四小時照著這個世界的每個角落。不論何時何地，都可以看見它的身影。雖然知道因為引力剛好平衡的關係，它可以懸浮在半空中，但還是不免讓人感到神奇。難道它不會哪一天突然墜毀嗎？如果墜毀的話，它又會掉往哪個方向呢？

似乎看著太一成不變的風景，會讓人被催眠，甚至會開始幻想一些莫名其妙的事情。

又或者，最近我本來就經常胡思亂想。也許是到了開始會胡思亂想的年紀，也有可能是因為我現在快要睡著的關係。腦袋開始朝莫名其妙的方向運作了起來。

對了，不知道我會不會又再一次做那個夢……

②

我正在無止境的墜落。

四周只有全然的黑暗，讓我完全喪失了方向感，甚至不知道自己身處在何處。但不知為什麼，絲毫不感到恐懼或害怕。

霎時間，墜落感停止了。突如其來的煞車感使我渾身不舒服。

同時，也讓我從睡夢中醒來了。

「各位，我們到了喔。」

是諾斯的聲音。

我慢慢的睜開雙眼，同樣坐在後座的克莉絲和狄克也一副睡眼惺忪的樣子，看來剛剛大家都睡著了。

「你們當乘客的怎麼都那麼累阿，我這個當司機的可是都沒睡呢。」諾斯解開安全帶，笑著說。
「廢話，你要是睡著那還得了。」
克莉絲打開車門下了車，一邊伸著懶腰一邊吐槽。陽光灑在她的側臉，讓她的美貌看起來更加出眾動人。看到這個畫面，不難想像為什麼班上會有這麼多她的追求者。
「辛苦司機了。」我明明想要有精神的說，但發出的聲音卻有些慵懶。
在車子內那狹小的空間裡待了太久，睡得我全身痠痛。下了車，鄉間清爽的空氣讓我通體舒暢。我伸了個大大的懶腰，活動了一下筋骨。
「哇，好多人喔。」下了車的克莉絲興奮的大喊。我隋著她的視線看過去，的確有不少人。
「當然阿，屋拉諾巨洞可是觀光勝地。而且今天是假日，少說也有個幾百個人吧。」諾斯刻意擺弄著專業口吻，還挑了挑眉，看來他對於這次得冒險也做足了功課。
「幾百個人啊，真的很多耶。」我驚嘆。
我們整個學校的人數加起來也不過兩百人左右而已。
「對啊，就連我們下個禮拜畢業旅行要去的角望郝海灘平時都不會有那麼多人。」諾斯接著補充。
「那我們走吧、走吧！」克莉絲指著前方邁開著大步，我也跟著喊了聲「出發！」附和。
「那個，等等……」
正當準備出發之際，狄克突然開口。
怎麼了？

難道……他真的那麼不想來這裡嗎？

我們其他三個人屏氣凝神，等著狄克到底要說些什麼。

「那個……我想要上廁所。」

我們一起去了廁所，等再次出發時，氣氛已經恢復的跟往常差不多了。大家邊走邊聊，一路上有說有笑。看來是我擔心得太多了，狄克應該真的沒有怎樣才對。

我們在入口處登記了我們的姓名，隨後進入了園區內。

才剛走進去，就看到一群人正跪倒在地，大約十幾人。他們穿著相同的服飾。紫色的長袍，上頭有些金邊燙印。他們正朝著屋拉諾巨洞膜拜。

「那個……好像是叫『巨洞教』的組織。」諾斯說。

「巨洞教？」我疑問。

「就好像是什麼宗教之類的新興組織。」他說。

「宗教……？」

我不理解諾斯口中說的「宗教」是什麼，但也沒有再繼續追問。放眼望過去，他們每人的嘴裡都念念有詞，但是距離太遠，聽不清楚究竟在說什麼。看著眼前的光景，有種無法言喻的奇怪感覺湧上了心頭。

他們到底是對著誰說話？

我們沒有多做停留，繼續往巨洞的方向邁出了步伐。一旁的狄克突然又低下了頭，那樣子實在叫人忍不住在意。

「欸，你真的沒事嗎？」我搭上狄克的肩，他似乎被我嚇了一跳。

「沒……真的沒事啦。」

真的嗎？

「恩……如果你有什麼事情都可以跟我說喔。」

「好……謝謝。」他擠出了笑容。

隨著我們越走越近，我也漸漸感受到了那巨洞的壯觀之處。就像是地表有一部分憑空消失不見，留下了一個深不見底的黑洞。離它的距離越近，腳底開始有種發麻的感覺。好像能稍稍理解那些巨洞教的人為什麼會對這巨洞崇拜了。

在巨洞的參觀入口處，插著幾張牌子。上頭是有關這個屋拉諾巨洞的介紹。我好奇地走向前觀看，大家也跟著我的腳步，停駐在那幾張牌子前。

「屋拉諾巨洞建造於距今約莫兩千年前，是當時的人們為了想要探索地球的外面所挖掘的。大家都知道，我們所生存的地方是在一個球體的內部。而正中心，有著照亮我們、供給著我們能量的太陽。因為重力在我們腳下的關係，我們才能踩在土地上，而不至於掉到另一邊。也因為這個球體實在太大的關係，我們平常很難發覺自己是在一個球體的內部。同時，也因為圓的半徑太大，我們抬頭不會看到對面的土地，而是會看到太陽以及天空。」

牌子上畫著示意圖。人類站在一個環上，而環的圓心處有著一顆太陽。這讓我想到小時候養的寵物鼠愛跑的滾輪。

「但是地球外的世界到底有什麼呢？人類不免這樣好奇。於是科技進步之後，便想開始往外探索，他們選定了這個地方，開始往地下挖洞，一直挖一直挖。在竭盡所能挖了十多公里後，他們還是什麼都沒有看到。於是他們開始了許多猜想。也許是這個地層太厚了，依照現在的技術根本就出不去。就算出去了以後，沒有了地板，又不知道會掉往何處。如果是這樣的話，外面的世界根本就不適合生物生存。也許，我們人類就是這個世界上唯一的生物，而且根本沒有外頭的世界。」

「當時的人們開始這麼思考著，最後也下了定論。根本沒有外面的世界。於是便停下了挖掘大洞的工作。但為了紀念曾經人類一起努力挖了那麼深的坑洞。還是幫它取了個名字、保存原貌。並供後人參觀，提醒著後人以前的人們是多麼的愚昧。」

「現在開放的空間大約有地下六十公尺左右。」最後一個牌子上寫著。

「……」

有種說不上的奇妙滋味油然而生，產生了種不真實的感覺。是因為窺探了我們所不知道的過去嗎？不過，似乎我們一直以來都不太了解過去的事。

視線離開了介紹牌，我注意到站在一旁的狄克還盯著那幾張告示牌，握緊的拳頭似乎正在顫抖。

「狄克？」

他完全沒注意到我，靈魂像是不在這裡一般。我在他的耳邊大喊：

「喂，狄克！」

「怎……怎麼了！」他雙肩一顫，總算是回過神來。

「你還好嗎？沒事吧？」

「沒事啦、沒事的，只是不小心放空……我們走吧。」

他又露出了那勉強的笑容。

克莉絲突然湊到了我的耳邊，小聲的說：

「妳不覺得今天狄克的樣子真的很奇怪嗎？」

「對啊，我也覺得很奇怪，但……他說沒事。」

「怎麼可能沒事？他是不是真的很不想來這裡。」

「我也不知道啊，問了他也不說。」

「恩……我想先多關心他好了，先走吧。」克莉絲說完，小跑步跟上了前面兩個男生的腳步。

狄克明明是我們之中身材最高大的，將近兩百公分的他足足比同樣是男生的諾斯高了二十多公分。但今天他的背影卻讓人感覺畏畏縮縮的。但願他真的沒怎樣才好，希望只是我們太愛胡思亂想。

我也加快了腳步跟上。

我們跟隨著參觀的動線，走在不斷向下的石階梯上。這樓梯是從這巨坑的牆面上雕刻出來的，緊黏著坑壁。我想它應該是順著圓形的巨洞螺旋而下，但這巨坑的半徑實在太大了，完全看不到下一層的階梯在哪裡。雖然路面蠻寬敞的，但欄杆的另外一邊就是深不見底的巨洞，漆黑一片。不禁讓我雙腳發軟。

我擔心狄克的狀況，沒想到他似乎不害怕這樣的高度，還好奇地到處東張西望。

走著走著，在最前頭的諾斯轉過頭：

「不知道這個洞到底有多深耶。」

「咦，不是說十幾公里嗎？剛剛的告示牌不是有寫？」我說。

「那個字好多，我沒有看完阿。」諾斯爽朗的笑著。

「天啊，那剛剛你站在介紹牌前面都在幹什麼？」我苦笑。

「我在等你們看完阿，我還以為你們也會因為字太多看不下去，會一下子就走了呢。」

「怎麼可能，誰會像你一樣來參觀都不看介紹的阿。」我吐槽。

「……我啊，我也沒看完，字太多了。」克莉絲小聲地說。然後她看了諾斯一眼，兩個人突然一陣哈哈大笑，還擊了個掌。

「……算了，至少還有狄克是我的同伴。」

眼見居然我才被當作是奇怪的人，我將狄克拉來我身邊不甘示弱的說。他先是愣了一下，接著「對阿、對阿」的附和我。

我們繼續走著，一旁的標示寫著我們已經走到二十五公尺的深度。一邊是懸崖峭壁，另一邊又是深不見底的巨坑。這畫面實在是很壯觀。我完全想像不出從前的人是花了多久的時間，用了多少的毅力才可以挖出這麼深的坑洞。

不知道是不是因為無底的巨坑令人緊張的關係，還是真的有風吹過。總覺得有些涼颼颼的。

「你們覺得到底有沒有地外人？」走在最前頭的諾斯開了個話題。

「絕對沒有。」狄克馬上斬金截鐵的說。

「我覺得有耶，不然我們人類不就太孤單了嗎。」克莉絲說。

「我也覺得有。真是好奇他們到底是長什麼樣子。外面的環境應該跟這裡很不一樣吧。」我一說完，突然想起了那天的夢境。跟我們相去不遠的地外人，甚至……還有著跟我相同臉。

我打了個寒顫，搖搖頭想將那畫面從腦中給趕出去。

這也不是我們第一次幻想著地球以外的世界了，究竟在地球外的世界有些什麼東西呢？如果有外面的世界，那裡會有太陽嗎？又或是外頭也有著很多的球體，每個球體裡都住著類似我們的人類呢？總覺得這樣子的世界，有什麼不協調感，令人難以想像。

「話說我們今天不是來探險的嗎？怎麼像是來觀光一樣，這不像是諾斯你會安排的行程耶。」克莉絲問，而我點頭表示認同。

一路上的景觀實在沒什麼不同，只是不停的向下走罷了。新鮮感沒了後很快我就感到有點無聊。

「喔？你們以為我都沒有準備嗎？」諾斯露出一副早有準備的笑容，從他的背包裡拿出了一張紙。我們湊了過去。

「那是什麼啊？」

「等一下再給你們看，我們先走到最下面吧。」諾斯故意賣了個關子，將那張紙塞進口袋裡。

沒有花多久的時間，我們就走到了地下六十公尺處，也就是觀光區開放的最深處。這裡有一個較大的平台以及紀念碑，有不少人都在這裡拍照留念。當然我們也不免俗地請路人幫我們拍了幾張。

「所以那張紙到底是什麼呀？」拍完照後，我問。

只見諾斯神祕兮兮的地笑著，拿出了那張紙條。真不曉得為什麼他要放在口袋裡，整張紙都變得皺巴巴的了。紙攤開後，上面是諾斯的鬼畫符。

完全看不出那是什麼東西。

「這上面是什麼……？」我看了老半天還是看不出什麼端倪。

「這是地圖阿，難道看不出來嗎？」諾斯將那張紙拎在我們的面前晃呀晃的，驕傲地說。

「地圖……是哪裡的地圖啊？」我問。雖然完全看不懂，但諾斯的興致那麼高昂，我就不要吐槽他了吧。

「當然是這裡的地圖阿。這是六十公尺之後，繼續往下的地圖。」諾斯越講越神氣。

「哇，你從哪裡弄來這種東西的！」克莉絲興奮的大喊。

「哪裡弄來的不重要啦。重點是，我們的探險現在要開始了喔！」聽到有人因此興致高昂，諾斯更加興奮了。

「我覺得……不太好。」

「……咦？狄克，你說什麼？」

「我覺得……再往下走太危險了。」狄克低著頭，視線避開了諾斯。

其實狄克說的也有道理。旁邊就是深不見底的深洞，繼續往沒有開發成觀光區的地方走，那邊沒有欄杆的保護，可能真的有些危險。

「不會啦，我都有做好功課的，不會讓大家有危險的。」

諾斯拍了拍自己的胸脯說。而狄克低著頭，沒有回應。

「狄克，我們答應你，如果一有狀況我們就馬上折返。一起去吧，畢竟探險就是要大家一起才好玩啊。」克莉絲湊上前勾了狄克的手臂。

狄克還是沒有回應。他抬起了頭，看向了我。

我愣了一下。

這是要尋求我的認同的意思嗎？

但這次……我可能要讓他失望了。儘管可能會有些危險，但我也對這種未知的地方充滿著好奇。

「一起走吧！」我笑著對他點了點頭。

他瞪大了雙眼。

接著嘆了一口氣。

「好吧，走吧……」

「太好了！」諾斯興奮的大喊。

狄克終於願意跟我們一起去探險了，但心裡有股矛盾感始終揮之不去……

今天的狄克……明顯跟平常有些不太一樣。

他到底在擔心些什麼？

③

趁沒人注意時，我們輪流翻過了分隔了觀光區和未開放區的圍牆。在圍牆上有著一面寫著「禁止進入」的牌子，我們從它上頭跨了過去。雖然有些罪惡感，但同時也有股熱血的叛逆滋味。

我們俯身躲在圍牆後頭，等著所有人都翻牆過來。

「剩狄克了，他怎麼還不過來啊。」諾斯探出頭來，試圖偷看圍牆另一邊的情況。

「該不會他突然反悔不來了吧。」克莉絲才剛說完。狄克就翻過了圍牆，匆匆的跑了過來。我笑著挖苦他：

「我們還以為你突然不來了呢。」

「沒有啦，剛剛突然有人叫我幫忙拍照，耽誤了一點時間。」

從他的語氣中實在有點難辨別他現在的情緒。要他跟來應該是不會太勉強吧。

「那接下來……」諾斯又拿出了那張紙條。

我們其他人都湊了過去，但也只不過是湊熱鬧罷了。因為上頭畫著什麼我們完全看不懂。就連諾斯也露出了有些苦惱的表情。

突然，他把那張紙揉成一團，朝一旁丟了出去。

「你幹麻！」

我大叫，視線隨著紙團而去。那紙團彈了幾下，又滾動了一會兒。我心頭一震，湧上了一股莫名的緊張感。因為那紙團滾落了一旁深不見底的巨坑裡。

明知道那團紙那麼輕，落地了也不可能會有聲音，但還是忍不住豎起了耳朵。當然什麼東西也沒聽到。也許是太輕了。又或者，那紙團還沒在這深不見底的巨洞落地。

「你幹麻啊？幹麻突然把它丟了？」

克莉絲的聲音讓我的視線終於離開了那個巨坑。

「對啊，那不是地圖嗎？」我對諾斯的舉動感到傻眼。

「地圖不重要啦，重要的是我們探險的那份心。」

諾斯說著很有自己風格的話，但臉上的表情卻是尷尬的笑著。果然，連他都看不懂自己在畫什麼。

即使沒有了地圖，大家仍舊跟著諾斯的步伐，繼續朝更深的地方走去。這邊跟觀光區那邊幾乎沒有什麼不一樣，除了這裡的欄杆幾乎都已經破損了之外。

又往下走了一點，我才察覺了另一個不同。

光線慢慢變的昏暗了。

可能是剛剛開放觀光的區域有路燈，也可能是因為深度逐漸的變深，太陽的光線已經照不太進來。

「諾斯，我們還要走多久啊，總覺得又有點無聊了。」

克莉絲腳邊踢著一塊小石子。

「對阿，前面還有什麼不同的東西嗎？」

除了深度不斷變深之外，只是一直走在相同的路上，看著一樣的景色。我也感到有些無聊。

原以為狄克會提議要回頭，但一路上他反而像是最好奇的那一個。儘管四周的景色都一樣，他還是不停地四處張望。

「奇怪……應該要有一間小房間才對啊。」諾斯小聲的呢喃。

「什麼小房間啊？」我好奇的問。

「啊！有了！」他像是看到了什麼東西，朝著前方大喊。

接著他跑了起來。

「喂！你小心一點啊！」我大喊。在連續下坡的樓梯，加上一邊是深不見底的巨坑，這樣奔跑實在很危險。雖然知道他有時就是這樣不顧周遭的事情，但還是不免為他擔心。

我們朝著諾斯跑往的方向看過去，前方的牆面上似乎有個小洞。說是小洞，但也有接近兩公尺高，足以讓一般的人進去了。些微的光線從裡頭傳了出來。

諾斯轉彎走進了那個地方。

「阿——！」

接著，他的尖叫聲從裡頭傳了出來。

「怎麼了！發生什麼事情了！」克莉絲慌張地看向我們。

「趕快過去看看。」狄克也緊張的說。

我沒有閒暇回答他們。等我回過神來，自己已經在向下的樓梯奔跑了起來。

「諾斯，你沒事吧！」我朝著那發出微光的洞口大喊。

走進房間後，先是看到了諾斯，接著——

我被眼前的景象給震懾住了。

「這些……是什麼？」我看的目瞪口呆。

裡頭像是另外一個世界一般，跟外頭的荒蕪不同。裡頭充滿了各種高科技的電子設備，布滿了整間房間。滿滿的都是我叫不出名稱的東西。

這些是未來的科技。一瞬間我有這種想法。

「我也被嚇到了。」諾斯仰著頭，就連天花板都布滿了密密麻麻的線路。

「你們沒事吧！」狄克也趕了過來，因為身高的關係，他微微低下了頭才走進來。克莉絲跟在他的後頭。

「我們沒事……但……」

「哇！這些是什麼東西啊！」克莉絲驚呼。

「我想這裡沒有人有辦法回答你……」我說。

「難道……」狄克喃喃自語，往房間裏頭走去。

「等等。」諾斯伸出手搭了狄克的肩膀，「還不知道裡面會不會有危險。」

狄克看了諾斯一眼，絲毫不理會他說的話，逕自往裡頭走去。我趕緊跟上了他的腳步。

這空間整體不大，頂多只有十坪左右。再加上滿滿的複雜的儀器，裡頭能活動的空間其實蠻小的。有許多透明的管子以及線路，還有很多像是面板的東西。雖然搞不清楚那些是什麼，但我知道它們現在應該都沒有在作用，只是被靜靜的擱置在那裡。

「你知道這些是什麼嗎？」我問狄克。

「……不知道。」他說。

克莉絲和諾斯也走了進來，我們四個人好奇地四處探索。滿滿的未知科技出現在我們的面前，讓我們霎時間都不知道該如何反應。

一顆按鈕出現在我的視線裡，它被壓克力板罩著。我伸手，壓克力板輕而易舉的被翻開了。吞了口口水，我感受到指尖似乎正微微顫抖著。

我左右張望了一下，還是敵不過人類那該死的好奇心。

輕輕地按下。

「……」

我抬起頭又四處張望了一次。

似乎沒有任何的反應。

「這些是什麼東西阿，完全看不懂耶。」克莉絲說。

雖然都是些新鮮沒看過的東西，但這些已經遠超出我們理解範圍。似乎超越讓我們好奇的範疇，怎麼樣也看不出什麼端倪來。

「不如我們繼續往下走，搞不好還有其他的房間。」諾斯提議。
「好啊，走！」我心中的好奇心正在不斷的膨脹。
「不可以！」狄克突然大喊。
咦？
我轉過頭看向狄克。
「狄克怎麼了，你看起來不是也很好奇嗎？」克莉絲問。
「我覺得在繼續下去……會……太危險了。」狄克有些結巴。
「沒事啦，遇到危險我們就會回頭的。」諾斯說。
狄克低下頭，似乎是放棄了回嘴。
我們走出了那個房間，繼續走在那不斷朝下、彷彿沒有盡頭的樓梯。每走出一步，都覺得自己正朝著未知慢慢前進中。
一步一步的往下走。
往越來越深處的黑暗走。
明明跟剛剛的風景都一樣，但一切突然變得有趣了起來。
那種未知的感覺。
「差不多了吧……」
身後突然傳來狄克喃喃自語的聲音。

我轉過頭看他，克莉絲搶在我之前開口問：

「你說什麼？」

「我覺得我們差不多該回頭了吧！」狄克情緒略顯激動。

「為什麼？感覺就快到下一個房間了。」走在最前頭的諾斯說。

「再這樣下去太危險了。」狄克說。與其說膽小，我反而覺得他的語氣帶著某種堅定的感覺。

「到底有什麼危險，我們……」

「我們不能再繼續深入了啊！」

諾斯的話還沒說完，就硬生生的被狄克打斷。

回音迴盪在整個屋拉諾巨洞之中。

「……啊！」

我這才想到，我們的聲音那麼大，可能會被其他的觀光客發現。

「隨便你，你可以回頭，但我想要繼續往前走。」諾斯頭也不回地繼續前進。

怎麼了！

怎麼突然吵架了！

「……好吧。」狄克站在原地，似乎能看到有淚水在他的眼眶裡打轉。

兩個男生之間突然的吵架讓我不知所措，克莉絲也許是跟我有同樣的心情。她跑到了我的身邊。

「現在是怎麼回事阿？」她小聲地說。

「我也不知道啊。」我說。

「今天他們兩個的氣氛太奇怪了。」

「……我也覺得。」

「我看還是回頭好了。」

「可是諾斯現在這麼堅持，我看……」我看了一眼諾斯。他絲毫沒有要停下腳步的意思。

突然間，一陣劇烈的震動襲來。克莉絲緊張地抓著我。

怎麼回事？

下一個瞬間，一聲巨響從諾斯的方向傳來。

「快跑！」我朝著他大喊。

因為光線昏暗的關係，所以看得不太清楚。但在他前方的地板，似乎出現了巨大的裂縫。劈哩趴啦的聲響讓人心底發麻。

諾斯發現了不對勁，他回頭向我們的方向跑來。

震動越來越大，岩石的摩擦聲響比我想像的還要撕心裂肺。

「諾斯，快點！」我又大喊了一聲。

下一瞬間，剛剛在諾斯面前的路面喀嗒地整塊崩塌，巨大的石塊朝著黑暗的深淵落下。劃破空氣的墜落聲響，在我的耳朵內響起一陣耳鳴。

「諾斯，你沒事吧？」我問。

「快，我們快走，這裡可能要崩塌了。」諾斯一把拉住還在驚嚇中恍神的我和克莉絲，拚命地往上走。

砰——！

一聲巨響，震動和回音迴盪在整個巨洞。看來是剛剛那墜落的巨石觸底了。身旁的岩石紛紛發出即將碎裂的哀號聲。

「好可怕，你差點就掉下去了。」我驚魂未定的對諾斯說。

「沒事啦，還好我反應夠快。」雖然他這麼說，但語氣正顫抖著。

「快點走！」克莉絲大喊。

我們繼續往上走，經過了狄克。

「……咦？為什麼……」

「我也不知道阿，總之先往上走就對了。」諾斯語氣溫柔的說。

不是……我不是問為什麼路面會突然坍方，而是……

「走吧，狄克，看起來也沒辦法再往下走了。」諾斯說。

「恩……」他回答。

我感到疑惑的是……

狄克……

剛剛好像笑了。

④

我們照著來時路回去，途中經過了那充滿高科技設備的空間，跨過了圍牆，回到了觀光開放的區域。那裡已經沒有人了，應該是聽到巨響後都回到地面上了。我們加緊了腳步。下來的時候明明那麼的悠閒，沒想到回程會是這麼樣的緊張。

這是怎麼回事呢？巨洞怎麼會突然崩塌了呢？

一回到地面，除了疏散的人潮，另外一個更驚心動魄的畫面映入了眼簾。

原先都莊重向著巨洞禱告的教徒們，現在全都像著了魔似的。他們聚集在巨坑的懸崖邊，不停的朝地板磕著頭，有的人頭甚至磕出血來了。有些人正鬼吼鬼叫著，口中喊著什麼「顯靈了」之類的話。

「這是……這麼回事？」

眼前的畫面讓我感到毛骨悚然。

「這太誇張了……」克莉絲別過了視線。

突然間，一個披頭散髮的人從那群教徒中衝了出來。他像是中邪似的，張大著眼睛，高舉著雙手比手畫腳，說著我們聽不懂的瘋言瘋語：

「你們有沒有聽到屋拉諾顯靈的聲音！他們就快要來了啊！」

他們……他們是指誰？

「巨洞另外一邊的世界，那裡有著許多的惡魔啊，都是因為有屋拉諾保護我們，我們才能如此安穩的在這邊生活啊！」
另一邊……惡魔？
「看你們的表情好像不相信，真的有地外人啊！不信的話你們可以去圖書館……」
「咦……？」
我發出小小的驚嘆聲，並不是因為他說的話，而是他的樣子變的更奇怪了。話說到一半的他，雙眼突然瞪大，冒出了許多血絲，鼻孔和耳朵流出了紅色的鮮血。
「阿……阿……阿……」
他口吐出白沫，發出了令人害怕的呻吟聲。雙手抓著自己的臉頰，刮出了一道道血痕。
我想要往後退，但恐懼讓我無法控制自己的雙腳。
太陽穴冒出血管，額頭浮現青筋。他的頭似乎不斷的膨脹著。
「啵——！」
眼球像是彈珠汽水的彈珠般彈出，眼窩處濺出鮮血。再下一個瞬間——
「磅——！」
他的頭像氣球一般爆炸了。
紅色的氣球。
鮮血四處噴灑而出。
紅色紅色紅色紅色紅色紅色紅色紅色紅色紅色紅色紅色紅色紅色紅色紅色紅色紅色紅色

紅色紅色紅色紅色紅色紅色紅色紅色紅色紅色紅色紅色。

紅色的畫面佔滿了我的視線。

有些溫熱。

我低頭一看，那些鮮紅色的液體噴灑到了我的身上，漸漸暈開。

我以為自己會失控尖叫，沒想到遇到這種情況反而什麼反應也做不出來。全身不自覺的發起抖來，剛剛發生的事情不斷的慢動作在我眼前重播。

在最後，他好像笑著說了一句話。

——「你們看，惡魔來了。」

「啊啊啊啊啊——！」

一陣淒厲的慘叫聲從我的身後傳來。

是狄克。

他跪倒在地，全身不斷顫抖。看向諾斯和克莉絲，他們身上也噴到了一些血。雙眼無神的，什麼話也講不出來。

這到底是怎麼回事？

發生了太多莫名其妙的事情了……

為什麼他的……頭，會突然爆開了？

在一旁的其他教徒也瞬間安靜了。

「是……是魔鬼。」其中一個教徒這麼說到。

「對……肯定是魔鬼搞的鬼。」

「一定是。」

其他的教徒開始議論紛紛起來。

我想離開這裡，但是我的雙腳完全不聽使喚，顫抖個不停。好不容易移動了一步，沒想到雙腿無力，整個人跪坐了下來。身體像是不是自己的一般，無法控制。在一旁的狄克看起來也和我一樣，嘴裡還不斷的念念有詞。

低著頭的我，注意到地面有道黑影正朝著我們接近。

「孩子們，沒事吧。」

那是個不算陌生的聲音。

我抬頭一看，是校長。

「校長……」克莉絲哭了出來。

「校長，你怎麼……在這裡？」我語氣顫抖的問。

「我剛好來這邊觀光，倒是你們，真的沒事吧？」

我注意到了件弔詭的事情，想說的話一時卡在喉頭。校長身穿著紫色的長袍。但雖然很像，似乎又跟那些巨洞教的教徒穿的不太一樣。

「我們應該沒事……只是……」諾斯指著那個已經沒有頭的屍體，顫抖地說。

「唉……我也嚇了一跳，完全不知道這是怎麼回事。不過，在那之前，我有個問題想問你們……」

校長嘆了口氣後，展露出身為長輩的威嚴。他那深邃的眼眸裡，有種讓人看不透的光芒：

「你們怎麼那麼慢才從屋拉諾巨洞裡面出來？剛剛有確定裡面的人都疏散出來了啊。」

我們面面相覷。

只有狄克，他依舊低著頭。

校長看了他一眼，嘆了一口氣。

「算了，這之後再說好了。遇到這種事情想必也嚇壞了，你們是怎麼來的？需要我帶你們回去嗎？」校長拍了拍我的肩膀。

校長的手似乎也正顫抖著。

「沒關係，我們可以自己回去。」諾斯說。

「好，如果有哪裡不舒服的可以隨時跟我說。」

「好的，謝謝……」我說。

不一會兒，救護車來了。它把那已經是屍體的人載走。又過了一會兒，等心情稍微平復了一些，我們也啟程前往停車場，準備回家。一路上校長都跟著我們，直到我們開動車子，離開了他的視線。

「你還好嗎？」

狄克到現在還全身捲成一團，不停的發抖著。
我輕輕地拍了拍他。
「啊！」他被我嚇了一跳。
「你還好吧。」我又問了一次。
「恩……」他低下了頭。
我也沒有太多心思去安慰他，雖然他的情況可能很糟的，但我也沒有好到哪裡去。剛剛眼前的畫面，不停地在眼前重複撥放。
活生生的人類。
他的頭在我們的面前爆炸了。
「諾斯，停一下。」克莉絲拍打著椅背，她的聲音聽起來不太舒服。
「怎麼了？」諾斯遲疑了一下，隨後停車。
克莉絲有些慌亂的打開了車門，將身體向外傾斜。
「嘔——！」
她吐了。
我也跟著感到一陣反胃感湧上。
又上路了一段時間，克莉絲和狄克都睡著了。他們的表情都有點痛苦的樣子，我想是睡得不太安穩吧。

我不敢睡著，我深怕自己如果睡著的話，會夢到比前一晚更加恐怖的東西。

「欸，諾斯。」我開口。

「嗯？蕾雅，妳沒有睡阿？」

「你還好嗎？要不要休息一下？」

「沒關係啦，倒是妳，快休息吧。」

「恩……」

我從後座看著他的側臉。雖然他努力裝著沒事，但他肯定也是在硬撐。遇到了那麼恐怖的事情，先是差點落入深不見底的巨坑，又有人莫名其妙地在自己面前死掉。怎麼想也不可能沒事才對。

「那個人，為什麼突然死掉了啊？」我問。

「我也不知道阿，但那些教徒不是說，是惡魔。唉……我也不知道是什麼原因阿。」

「惡魔嗎……」

我搖了搖頭，不願再想起剛剛的那些畫面。

「妳不要再多想了，先休息一下吧。」

「好……」

我決定聽諾斯的話，試著培養一下睡意。試圖讓緊繃的神經稍微放鬆，不一會兒就墜入了夢鄉。

但怎麼可能睡得安穩。

第二章　畢業旅行

①

星期一。

一走進教室就看到許多同學圍在克莉絲的座位旁。雖然她的人緣本來就很好，但這種情況肯定是在聊什麼八卦。我的座位在克莉絲前面，雖然已經見怪不怪，但這樣的人群有時讓我有些困擾。

有位同學正坐在我的位子上頭。

「那個，不好意思。」

「喔，蕾雅妳來啦，聽說你們假日去屋拉諾巨洞探險時，遇到有人死掉喔！」

「對阿！那到底是怎麼回事啊？很恐怖嗎？」

大家用雀躍的神情看著我，你一言我一語的提問。

這是怎麼回事？怎麼大家都知道了這件事情？

正當我還在疑惑的時候，我看到了克莉絲對我露出了一個傻笑。我馬上意會到她要表達什麼。狠狠的瞪了她一眼。

「妳這個大嘴巴。」我用嘴形對她說。

她對我眨了眨眼睛，吐了舌頭。做出一個撒嬌的表情。一瞬間，我的心好像融化了。就連同樣是女生的我都被她電到。

「……」

好吧，只能暫時原諒她了。

難怪班上會有這麼多的男生喜歡她。

「所以蕾雅，到底怎麼樣啊？」又一個同學窮追不捨的問。

「我也不清楚啊。如果你是當場看到的人，一定不會像現在這樣一直問。那畫面真的很可怕。」我沒好氣地說。

見我沒有要向他們分享的意思，他們又轉過頭，繼續和克莉絲聊了起來。當然，話題已經漸漸的從屋拉諾巨洞的事情又不知道聊到哪裡去了。

真是的，這可是有活生生的人死掉耶，怎麼會這麼興奮啊？

「上課了，各位同學趕快回到自己的座位上。」老師走進了教室，圍繞在我座位周遭的同學終於解散，各自回到自己的座位上。

諾斯也坐回我的旁邊。

「我們不是說好了，不要那天的事情說出去嗎？」我轉過頭指責克莉絲。
「我沒有把那房間跟洞穴裡坍方的事情說出去啦。」
「可是你幹麻把有人死掉的事情講出去阿，這種事情幹麻到處宣揚。」
「我只是想跟大家分享我們出去玩的事嘛……」克莉絲低下頭，聲音越來越小。
「不要怪克莉絲啦。沒那麼嚴重的。」諾斯突然跳出來幫克莉絲說話。
……可惡的諾斯，克莉絲這很明顯是在撒嬌啊！但看到克莉絲楚楚可憐的表情，我居然又再次心軟了……
「唉，好啦沒事。記得不要再到處宣揚就好了。」
「好的！」她開朗地笑了出來，像是陰天裡的太陽終於撥雲見日，那陽光直接灑在我的臉上，太過耀眼。我不禁懷疑剛剛的一切都是她的演技。
我轉過身子，同時偷偷用手肘撞了諾斯一下，以表達我不滿的情緒。他只是對我笑了一下。
「今天我們要來討論後天畢業旅行的事情，大家先依分組坐好。」在台上的老師說完，台下隨即傳出吵鬧聲響。大家按照先前分好的組別，紛紛移動座位。理所當然的，我跟克莉絲、諾斯以及狄克一組。還好這次是四人一組，上次園遊會活動是三個人一組時，為了考慮踢出誰還進行了殘酷的猜拳環節呢。
我們不用移動，只要待在原位等狄克過來就好了。等大家差不多都坐定位，老師又繼續開始宣布事項：

「後天，也就是星期三，就是各位期待已久的畢業旅行了。」

台下傳出了歡呼聲。坐在我周圍的那三個人也叫得很起勁。

「現在給你們分組討論。第一天下午的自由活動時間，還沒有確定行程的，現在加緊時間討論，還有其他該討論的事項也現在討論。有問題的可以直接舉手提問。」

老師語畢，霎時間台下鬧哄哄的，所有人都熱烈討論了起來。

「那我們要討論什麼呢？我們早就想好要去哪裡了呢。」我轉過身子笑著說，克莉絲也附和我：

「對阿，好期待去那個森林瀑布看看，將近二十公尺的瀑布一定很壯觀。」

「阿……」「那個……」

諾斯跟狄克同時開口。

氣氛頓時有些尷尬。

我想起那天發生的事情——在屋拉諾巨洞兩人吵架的事情。雖然他們彼此道歉過了，但他們之間似乎還有一些芥蒂。

男生之間的友誼有時真讓人難以理解。

「你先說吧。」諾斯說。

「沒關係啦，你先。」狄克也說。

這兩個人到底在客氣個什麼勁阿。我在心中翻了個白眼。

「好啦……就是，我想提議改個行程。」諾斯慢條斯理的說。
「什麼行程！」我跟克莉絲異口同聲。
「我想要去華和耶圖書館看看。」諾斯有些不好意思地開口。
「真的假的！我也是耶！」狄克突然興奮的附和。
兩個人笑的可開心了，還擊了個掌。
這是什麼情況？
這兩個人不是還在尷尬的氛圍裡嗎？
男生之間的友誼果然很難理解。
「怎麼突然想去那裡阿？」克莉絲歪著頭問。
「總覺得……該去看看。」狄克說。
「對啊，你們不覺得那天那個人說的圖書館，就是指華和耶圖書館嗎？」諾斯興奮的說。
原先興致也很高昂的狄克表情突然沉了下來。
是因為提到「那個人」的關係吧，畢竟從「那件事情」發生之後，狄克的狀況就一直很不好。我趕緊轉移話題：
「那要更動哪個行程啊？」
「可能……就不能去瀑布了吧。」諾斯看著我，語帶抱歉。
「蛤——！」我跟克莉絲同時抗議，克莉絲接著說：

「我很期待那個行程耶，感覺就很漂亮，可以拍很多照片。」

我在一旁拚命點頭表示同意。

「不然男女生分開行動嗎？可是這樣也不太好……」諾斯嘆了一口氣，「好吧，看來圖書館只能下次再去了。」

諾斯看著狄克苦笑，而狄克也點了點頭。

「恩……」

他們那麼替我們著想，反而讓我有些不好意思了。一想起他們倆剛剛興奮的樣子，總覺得不該剝奪他們兩個男生的樂趣。

「我覺得……去圖書館似乎也蠻有趣的，我也有點好奇。」我小小聲地說。

「怎麼連蕾雅都倒戈了。」克莉絲驚訝地轉頭看我。

「我們之後有機會還可以去看那個瀑布阿。只是現在發生的這件事情蠻有趣的，很像要去解開謎題耶。不覺得嗎？」我對克莉絲說，但連我自己都覺得沒什麼說服力。

「恩……我現在說什麼也沒用了阿，票數是三比一……」克莉絲喪著臉低下頭。

「好啦，克莉絲，我們下課後一起去甜點店，我請你吃蛋糕。」我連忙提議。

「真的嗎！」

這招果然有用，她馬上恢復了精神。

「那我們要來重新安排一下行程嗎？」諾斯問。

我們四個人將瀑布的行程更改成圖書館，接著微調了一些其他行程，新行程很快地就拍板定案。距離小組討論結束還有一段時間，我們開始天南地北的閒聊起來。話題很自然地提到那天，那天在屋拉諾巨洞的事情。直到現在，我還是不敢相信那天發生在眼前的事情。也找不到可以解釋那件事情的方法。

那個人的頭就這樣在我們眼前炸開了。

「所以，那到底是怎麼回事啊？」諾斯問。

「誰知道阿，你不要再提起了啦，想到就覺得好噁心。」我看了一眼狄克。

「不是啦，我是在問為什麼那天巨洞裡的地面會突然塌掉阿。」諾斯雖然語氣激動，但還是儘量壓低著音量。

「這……我也一樣不知道阿。」我說。

不只這些，那天還有其他奇怪的事情。像是還有那間充滿科技感的房間。只不過最後有人的頭在自己眼前爆炸開來的衝擊力實在太大了，讓我們都無視了先前的事情。

對了，還有地面崩塌時，狄克露出的淺淺笑容。

也許只是我看錯了吧，畢竟那時光線昏暗。

「先不要提這些了啦，我們不就是為了知道這些才把行程改成去圖書館的嗎？現在再想也沒有用了阿。」克莉絲說。

「恩……」我同意她的話。

但，總覺得有什麼不協調感，卻又有些說不上來。

「蕾拉，那我們放學之後要去哪間甜點店阿？」克莉絲笑著問。

「恩……妳有想吃什麼東西嗎？」

「不知道耶，妳有推薦什麼甜點嗎？」

「我覺得……法式吐司還不錯。」我想起了最近歐蘿阿姨時常幫我準備的早餐，舌尖的味蕾閃過了那甜膩滋味。

「那是什麼阿？」克莉絲問。不只是她，其他兩個男生似乎也好奇地看著我。

「你們都沒吃過嗎？就是在土司外面裹著一層薄薄的蛋液……」我試圖解釋。

「恩……好像有吃過，但『法式』是什麼意思？不就煎蛋土司。」克莉絲歪頭問。

我頓時語塞。

對啊……

法式是什麼意思啊？

那種不協調的感覺又湧了上來。

我還來不及思考出這個問題的解答，老師就突然出現在我們的座位旁。

「你們四個人，等等下課去校長室，校長好像找你們有事情。」老師丟下這句話，走回了台上。

討論時間結束，下課鐘響了。

②

昨晚久違的沒做惡夢，可能是因為隔天就要畢業旅行的關係，反倒興奮的睡不太著，整晚都有些半夢半醒的。

出門前歐蘿阿姨提醒我注意安全，也幫我準備了許多零食帶在身上。一走進校園，馬上就看到了已經抵達集合場地的諾斯。我對他揮了揮手：

「早安啊，諾斯。」

「蕾雅，早安啊……」

諾斯的聲音有氣無力的，眼睛下方掛著厚厚的黑眼圈：

「我昨晚太興奮了，都睡不太著。」

「我也是耶！」

看來大家對畢業旅行——對於這第一次的出遠門都抱持著相當大的期待。

過沒多久，克莉絲和狄克也來了。還沒到集合時間，所有三年級的學生就已經全員到齊。我們跟隨著隊伍走出了校門口，搭乘的交通工具似乎停在不遠的空地處。我曾經在天空上見過他兩、三次，但從來沒有近距離的看過它，更別說是搭乘它了。

再走過了一個轉角後，一個龐然大物倏然佇立在眼前。

「好大……」

我忍不住脫口而出。不只是我，許多同學都發出了驚嘆聲。

「太誇張了，這東西真的可以飛上天空嗎！」克莉絲興奮的說。

「應該可以吧，去年學長姐不也是搭這個東西去角望郝村的嗎？」狄克說。

「對啊，這個東西……這東西叫什麼去了……」即便我絞盡了腦汁，那個詞彙依舊沒有浮現出來。

「是叫飛機吧。」諾斯說抬頭看著他口中的「飛機」。相較於我們的興奮，此刻他不知為何異常的沉穩冷靜。真是不像他。陽光灑在他的側臉上，此刻看起來格外的成熟。

「對啦、對啦，是叫飛機！」克莉絲說。

這個詞彙平時幾乎不會用到，一時之間根本就想不起來。

飛機側邊的門緩緩地開啟，隨後降下了一條長長的階梯。同學們的鼓譟聲又變的更大了。

「走吧，走吧。」克莉絲一手拉著我，一手拉著狄克，興奮地往階梯的方向跑去。

大家有秩序的依序走上飛機，腳踩在階梯上，不斷發出金屬特有的鏗鏘響聲。

這台飛機真的很大，可以容納接近一百個人，而且它座位可以旋轉。我和狄克、諾斯以及克莉絲四個人挑調整好椅子，兩兩並排、相視而坐。飛機上熱鬧無比，像是乘載了所有人的興奮以及期待，散發著學生獨有的青春氣息。當飛離地面的那一刻，飛機裡發出了歡呼及陣陣讚嘆。

我坐在靠窗的位置，看著地面離自己越來越遠，有種不切實際的感覺。這麼巨型的龐然大物，居然可以載著這麼多的人飛到空中。這背後肯定有什麼複雜的高科技。

我突然想到了那天去屋拉諾巨洞時，我們進到的那個房間。那裡同樣是一些我們無法了解的東西。也許在這台飛機的裡頭，就有著那天看到的某些儀器。

「妳在看什麼阿？」

諾斯突然湊到我的身邊，跟我擠在同個窗口。我嚇了一跳，趕緊退開了身子。

「幹、幹麻啊！」。

我發現自己似乎反應過度了，但加快的心跳無法騙人，臉頰也感覺有些熱熱的。應該沒有臉紅吧？

「沒事啊，只是想說妳在看什麼東西而已。這個，要吃嗎？」諾斯把一包餅乾遞到了我的面前。

我伸手拿了一片。

「沒什麼東西啦，謝謝……」

「那來玩牌吧！」克莉絲從背包裡拿出早已準備好的撲克牌。

我們四個人就這樣圍著一圈玩牌，路程雖然很長，但這台飛機的速度更快，不到三個小時的時間我們就飛了大約四分之一個地球。抵達了角望郝村莊。

聽說這裡過去很繁華，但現在已經沒什麼居民，觀光客的數量可能還占了大宗。雖然我們大家都知道這個地方，但除了這次的畢業旅行，幾乎沒什麼機會能來這裡。畢業旅行會來這也是新的校長上任後才開始的事情。畢竟這裡距離我們的村莊很遠，中間還隔著一大片海洋。如果不是用飛機的話，根本難以到達。

不得不說這畢業旅行的新政策還真是不錯啊。

「哐、哐、哐——」

踩在跟剛剛相同的金屬階梯上，我們下了飛機。接著按照組別，每一組分配到了一台車子。車子對其他的同學來說或許很新奇，但對我們來說根本沒什麼。在宣布完注意事項後，就是自由活動的時間了！

我們的第一個行程就是到華和耶圖書館。

「那我們出發吧！」諾斯走向車子的方向，鑰匙在他手上甩呀甩的。

「等一下！」克莉絲突然大喊。

「怎麼了？」我問。

「難得都出來了，就不要還是諾斯開車了吧，我也想開看看！」克莉絲興奮的說。

「妳要開？不好吧！」狄克大聲的反對。看來不只是我，連狄克也感受到了生命受到威脅。

「妳要開喔？好啊。」但沒想到諾斯就這麼乾脆的把鑰匙交到了克莉絲手上。

「耶，那你要坐在我旁邊教我喔。」克莉絲興奮的衝到了車子旁，打開了駕駛座的車門。

「喂，這樣真的好嗎？」我向諾斯抗議。

「出來玩嘛，大家開心就好。」他爽朗的笑了兩聲，走向了副駕駛座。

這種事情不是開心就好吧？我跟狄克對看了一眼，嘆了口氣，而他則是露出了無奈的笑容。我心不甘情不願地坐上了後座。

「這要怎麼發動啊？油門是哪一個啊？煞車呢？」一坐到車子上，就聽到克莉絲還問著這種問題。我頓時有種隨時要跳車的衝動。

「妳先按一下那顆按鈕。」諾斯指著方向盤旁的一顆按鍵，耐心地指導著克莉絲。
「這個嗎？」克莉絲按下了那顆按鈕，車子內瞬間發出了很多電子音效，車子微微的震動了起來。
──「請輸入目的地。」
「什麼！」車子自己講話了，我不禁驚呼。
「哇！什麼意思啊？」克莉絲也一樣驚訝。
「妳就說要去『華和耶圖書館』吧。」諾斯說。
「喔喔……要去『華和耶圖書館』！」克莉絲乖乖照著諾斯的話去做。
車子又重新開口了。
──「確認目的地，『華和耶圖書館』。」
車子突然筆直地往前加速。
「這是什麼狀況啊！」克莉絲大喊。
還不就是妳踩到油門了嗎！我指著眼前的路障大叫：
「克莉絲！要撞到了啦！」
「方向盤！快握住方向盤轉彎啊！」狄克則是驚慌地敲著椅背。
在差點撞上路障之際，車子一個急轉閃過。因為離心力的關心我整個人摔到了狄克身上，但總算是保住了一命。看向克莉絲，她並沒有握著方向盤，在她眼前的方向盤正自己旋轉著。
「蕾雅，那個……」

聽到狄克的聲音我才意識到自己還倒在他的身上，我趕緊坐起身子。但現在這根本不重要，我疑惑的問：

「不對啊，克莉絲，妳有在踩油門嗎？」

「啊啊啊啊——！」克莉絲只用尖叫回答我。

「什麼意思阿——！」被連帶影響，我也跟著一起尖叫了起來。

「你們不用擔心啦！這是全自動駕駛車！」諾斯為了壓過我們的音量，大聲的說。

「……」

車內瞬間安靜了下來，只剩下車子依舊平穩地開著。

「全自動……？什麼意思？」最先做出反應的是克莉絲，在她面前的方向盤依舊自己轉呀轉的。

「就是字面上的意思啊，你只要告訴它地點，它就會自動開到目的地了。」諾斯說。

「真的假的，也太厲害了吧！」我驚嘆。

「居然有這種科技……」狄克也一臉不可置信的樣子。

「那全自動號，出發！」克莉絲振臂大喊。

「你幹麻不早說啊？害我們那麼緊張。」我大聲的抗議，只換來了諾斯爽朗的笑聲。

相較於我們其他三個人的吃驚，諾斯好像早就知道有這種全自動汽車了。不愧是擁有汽車的諾斯，對汽車的了解果然比我們多。

另外，還有不得不提的一點，這輛子車上配備的音響實在太棒了，我們四個就這樣在車上一同高歌。大約半小時的車程，我們抵達了我們的目的地——

華和耶圖書館。

「這裡就是……華和耶圖書館嗎……？」

下了車，映入眼簾的建築物，讓我不禁脫口而出。一棟大約四層樓高的建築物，明明陽光這麼大，它卻給人一種陰暗的感覺。雖然早就在課本上看過，但實際的樣貌似乎更誇張。我想它連能不能構成一個建築物都是個問題。

廢墟。

這是我看到它第一眼產生的想法。

「看起來好恐怖喔。」克莉絲說。

「看來真的不能小看火災的威力呢。」諾斯說。而站在一旁的狄克則是默默的看著眼前的建築物，不發一語。

在這個地球裡的福瑞斯人沒有人不知道華和耶圖書館。它原本是地球內館藏數目最多的一間圖書館，但在將近兩千年前的時候，角望郝地區發生了一場大火，這裡的很多東西都燒毀了。尤其是這間圖書館，據說裡面的藏書被燒的一本不剩。

原本我還想不透為什麼這裡不重建。但在親眼看過這裡的狀況之後我就懂了。這裡雜草叢生，許多已經生長了不知道多少年的巨木圍繞在華和耶圖書館的周邊。生鏽的圍欄更增添了它陰森的氛圍。

如果要重建，還不如直接蓋座新的圖書館。

「我們真的要進去嗎……？」

克莉絲有些害怕的說，默默地躲到我的身旁。我也同樣感到害怕。這間圖書館的氣氛實在是古怪，讓人絲毫不想踏進一步。但即使面對這樣的情況，諾斯還是一如往常開朗的笑著：

「當然要阿，走吧。」

「可是……」

克莉絲話還沒說完，狄克就插了話：

「走吧，我們進去探險。」

我跟克莉絲對看了一眼，看來我們兩個心中都升起了相同的疑惑——

這次狄克不但不反對，甚至還積極的想要進去探險？

怎麼突然轉變那麼多？

「好吧……走吧。」克莉絲牽著我的手說。

「恩……」我也小聲地回應。

我們四人緩緩的走進了那未知的廢墟裡頭。

③

就連從大門進入都有些困難，金屬製的大門早已生鏽變形。地板上橫躺著一堆堆不知道原先是什麼的焦黑殘骸。我們好不容易才清出一條勉強可以通過的路線，寸步難行的避開路上的障礙物。還沒開始探險，我們四個人都已搞得灰頭土臉。我指著諾斯的臉笑著說：

「你的臉頰沾到灰了啦！」

「真的假的。」

他伸手摸了摸自己的臉，笑著反擊我：

「妳還敢說我，妳自己的鼻子也都沾到了阿。」

我還來不及反應，他就伸手撥掉我鼻子上的灰。我反射性地縮起了身子，低下了頭。

「謝謝……」

「那我們該怎麼開始呢？這裡看起來好大喔。」克莉絲說。

我抬起頭來環視了一圈室內。一樓看起來是挑高樓中樓的設計，而這其中有許多的小房間。天花板滿滿的都是煙燻過後黑色的痕跡，地板上也有許多破碎不堪的紙屑。

窗戶被許多殘骸以及外頭的樹木擋住了，穿透到室內的光線很少，顯得裡頭有些昏暗。

「要不分成兩兩一組好了。」諾斯提議。

「為什麼要分組啊？」我問。

「這樣比較有探險的感覺阿，我們來比賽誰先找到線索。」諾斯說。

雖說當初我也贊成來探險，但我們要找的「線索」到底是什麼呢？是指關於那天「那個人」所說的，關於地外人的事情嗎？

「好啊，那要怎麼分組呢？」克莉絲看來對這個提議很有興致。

「我想應該一男一女比較好吧。」諾斯說。

最後在抽籤決定之下，我跟狄克一組，而克莉絲跟諾斯一組。這個結果真是有些可惜。不過也沒辦法，只希望命運之神下次能多眷顧我一些。

「那我們就先各自分頭行動，遇到什麼事情大喊一下。這裡這麼安靜，應該隨時聽的到。」諾斯說。

「好！」

我們其他三個人答到，隨後兩組人馬便分頭行動。

「首先我們要先去哪呢？」我問狄克。

「恩……先四處走走好了。」他說。不知為何，有種被迴避了視線的感覺。

我們隨意地選擇了一間房間，裡頭木製的書架大多都已經坍塌，上頭有著被大火燻黑過後的痕跡。地板上大量的灰燼已經讓人不知道那東西的原貌是什麼。

我走進房間，才剛踏出第一步，就揚起了許多的灰塵。原本就已經昏暗的房間霎時之間又變得更加灰濛濛的了。

「咳咳……」因為大量的灰塵，讓我忍不住咳起嗽來。
「妳還好嗎？」
狄克關心我，但過沒幾秒鐘，他也跟著咳起嗽來了。
我們用手肘摀著臉繼續向裡頭前進，似乎驚動了原先住在這裡的小動物們。許多窸窣的聲音從牆角邊傳了出來。有幾隻像是老鼠的生物在牆角竄動，一片片巨型的蜘蛛網隨之晃動。
「我們到底幹麻來這種地方……」我忍不住抱怨。
去漂亮的瀑布區看風景不好嗎？幹麻來這種讓人頭皮發的地方啊！一想到另外一邊的克莉絲，我就不由得同情起她來。雖然現在我們應該是在差不多的處境。
「不好意思啦，讓妳們兩個女生陪著任性的我們。」狄克滿臉歉意地笑著。
「是沒關係啦，不過狄克，你主動說要來這裡我很意外耶。當初去屋拉諾巨洞的時候你不是怕得要死，遇到……那件事情的時候你的反應也很激烈。」
「我也不是害怕啦……只是……」
「只是……？」
「沒什麼啦……」他低下了頭。
「你是不是開始相信有地外人了阿，畢竟……」我話都還沒說完，他就突然抬起頭來看著我。
一瞬間，他的眼睛裡閃爍出了令人費解的光芒。雖然隨即就消逝，但還是不禁令人在意。
「也不是啦，但那個人都這麼說了，總會好奇這座圖書館有什麼阿。」他恢復了平常的神態。

——「看你們的表情好像不相信，真的有地外人啊！不信的話你們可以去圖書館……」

那天的那個畫面，那個人失控的大喊聲又重新出現在我的腦海裡。

如果那天只是聽到他說出這些話，沒有其他事情發生的話，我可能只會當他是一個瘋子而已。但那天他話都還沒說完，只是提到「地外人」的事情，頭就突然爆開了。

沒有任何原因。

沒有邏輯。

莫名其妙的。

想到這裡我感到一陣頭皮發麻，這到底是怎麼回事……

平時對於地外人的傳言以及想像本來就不在少數，我們聊天也偶爾會提到相關的話題，但那天為什麼會發生那件事情呢……？

「我們來圖書館到底要找什麼？難道會有什麼有關於地外人的書嗎？」我問。

「恩……不知道耶，就先到處看看吧。」

他遲疑了一下，難道他有什麼想法嗎？

我想起了前天的事情。那天討論完畢業旅行的行程後，校長把我們找了過去。不外乎就是要講有關那天，那天在屋拉諾巨洞的事情。

我們被下了封口令。

校長要我們不要跟任何人提到我們那天遇到的事情。我當下很想跟校長說已經來不及了，克莉絲已經講出去了。但那天的氣氛異常的嚴肅，我就沒有多嘴。不過克莉絲也沒有跟講到太過詳細的事情，應該沒有關係吧。

話雖如此，那天校長怎麼會剛好會在那裡？還是其實那不是偶然，從他那天的服裝看起來，他很可能也是巨洞教的相關人士。

難道他是想隱瞞什麼巨洞教的祕密嗎？

難道那天那個教徒就是不小心說出祕密，才被處刑的？想到這裡，我忍不住打了一個寒顫。

同時我也對於有這種想法的自己害怕了起來。

我往其中一個書架走去，這是整間房間裡看起來最完整的書架了，雖然隔板也幾乎都斷了，書本的殘骸都傾斜至一邊，甚至掉落在地上。但，這些至少還看得出是書的殘骸，而不是一堆沒有意義的灰燼。

我蹲下隨意地拿起了一本書，說它是書可能有點誤差，畢竟他下半部的部分都已經燒毀，僅存下來的部分，也都因為歲月的摧殘，早已經模糊不堪。

但隱約能看到封面寫著——「福瑞斯現代歷史」。

現代歷史……

歷史……？

歷史……是什麼意思？

我低頭看著地板上散落的其他書，雖然也都已經殘破不堪，但以封面來看，似乎也都是有關於

「歷史」的書。

——「歷史」。

這是我從來沒有聽說過的詞彙。

「欸，狄克，你知道什麼是……『歷史』嗎？」我問，但只換來空氣中的一陣沉默。

「喂，狄克。」

我轉過頭又喊了一聲。

那瞬間，我感到心底一涼。

環顧了四處一周，還是看不見狄克的身影。

一陣陣冷風吹過。

房間裡只剩下我一個人。

狄克不見了。

④

我跑出房間，獨自一人站在大廳裡。昏暗的光線照射在殘破不堪的圖書館內。在這種情況下，似乎所有的感官都被放大了無數倍，一點風吹草動都會讓人變得敏感起來。

「狄克——！」我朝著虛無的空間大喊。

沒有任何人回應我，只有自己的回音以及伴隨而來的寂靜，對於這種氣氛我不禁毛骨悚然。

怎麼辦……

我幾乎要哭了出來。總覺得有陰涼的風不斷襲來，從衣領處吹了進去，像是要帶走我的溫度。冒出的冷汗沾濕了衣服，衣服黏在身上的感覺讓人覺得很不舒服。

牆角處不停地有一些微小的動靜。全身莫名的發癢，當我想要伸出手去抓的時候，才注意到我的手上還拿著剛剛那本「現代歷史」。

我現在根本無暇去管那本書，甚至拿著一本那麼意義不明的東西，反而會更加深了我心底的恐懼。

我將它隨意的扔在了大廳，隨後跑向了另一間房間。

「狄克……」

我站在那房間的門口，輕聲的朝裡頭喊到，就怕不小心驚動了什麼東西。

依舊沒有回應。

無助的感覺湧上了心頭。

諾斯……你在哪裡？

你不是說只要大喊你就會聽到嗎？怎麼我剛剛喊了也沒有任何人現身呢？

我看著剛剛走進來的大門。還是我先出去好了？可是，如果狄克真的發生了什麼事情，我不就是見死不救了嗎？

我在腦裡天人交戰，過於豐富的想像力以及緊張的氣氛讓我的思考變得緩慢。

「磅——！」

突然之間，一聲爆炸聲從圖書館的深處傳了出來。我轉過頭去，感受到了一股熱流迎面而來。

……發生什麼事了？

我朝著爆炸聲的源頭跑了過去，同時也對於自己突然的行動感到驚訝。

你們沒事吧！

在昏暗的空間中只聽到的自己的喘氣聲，恐懼和擔心不斷的堆積在心頭，但就算如此，我還是不能停下腳步。跑著跑著，我聞到了一股像是燒焦的味道。看來剛剛的爆炸應該引起了火災。想到這裡又讓我更著急了。

我看到了遠處的火光，那讓眼前的光線不斷的閃爍著。在明暗之間，似乎看到了人影。

他們三個人朝著我的方向跑了過來。

「狄克，你跑去哪裡了啊！」我朝著他們大叫。

「蕾雅，還好妳沒事，快跑啊。等等再說。」狄克對著我大喊。

雖然不知道發生什麼事情了，但我也轉身開始跑了起來。剛剛才跑了一段路，現在又要回頭繼續跑，真是讓人有些吃不消。

他們三個人追上了我。

「發生什麼事情了？」我問他們。

「剛剛最裡面的書房突然爆炸了。」克莉絲氣喘吁吁地說。

「爆炸了？」我狐疑。

「對阿，我們也不知道為什麼。」克莉絲說。

很快的我們就跑回到了大廳。

「直接出去吧！」諾斯說。

我看到剛剛我隨手扔下的那本書，那本有關於「歷史」的書。好奇心油然而生，雖然我還想多拿幾本，但現在也顧不了那麼多了。

當我彎下身子，伸出手想要拿起那本書時——

「好燙——！」

高溫使我嚇了一大跳，連忙將手抽了回來。

我看向那本書——

那本書，居然自己燒了起來。

「蕾雅，怎麼了？」諾斯問我。

「那個書……自己燒起來了。」我指著那本書愣愣地說。

「自己燒起來了？怎麼會？」諾斯疑問。

「真的阿……」我還陷在驚嚇中。

「先不要管那麼多，我們先出去吧。」狄克說，拉了已經停下腳步的我一把。

我們按照原本的路線跑出了華和耶圖書館。

站在車子旁，我們看著那棟像是廢墟的建築物，陣陣白煙正從裡頭冒出來。

「會不會整間燒起來阿。」克莉絲擔心的問。

「希望不會。」諾斯說。

「應該不會啦，反正那裡頭應該也沒東西燒了。」狄克說。

我完全無法插上嘴，因為剛剛眼前的畫面實在太過詭異了。

書本居然自己燒了起來。

到底發生了什麼事情？

「結果我們好像什麼線索也沒找到，白跑一趟了。」諾斯笑著抓了抓頭。

「對阿，真是的。」狄克也笑著。

不對的。

應該不是這樣的。

我們可能真的找到了些什麼東西，像是我撿到的那本書就是。但似乎有什麼看不見的力量正在阻止我們，每當我們逼近了「那件事情」，就會有「不可解釋」的力量出來阻饒我們。

不管是頭突然爆開的那個人，還是自己燒起來的書。

「你們……不覺得很奇怪嗎？」我慢慢的吐出了一字一句。

「什麼很奇怪？」諾斯問。

「剛剛是怎麼發生爆炸的，你們有看到嗎？」我激動的問。
「不知道欸。蕾雅，妳怎麼了啊？」諾斯見我有些激動，連忙安撫我。
「不對啊，怎麼可能都沒有原因就爆炸了，你們不覺得奇怪嗎？」我甩掉了諾斯的手。
總覺得大家都自然過了頭。
就跟那天那個人頭突然爆開一樣，不可能都沒有原因吧。
「好啦，蕾雅，妳不要想那多了。」克莉絲似乎見到情況不太對勁，連忙開口緩頰。這才讓我稍微回過神來。
真的是我想太多了嗎？
「難得的畢業旅行，就不要想那麼多了吧。走吧，我們去下一個行程。」狄克也說。
「對阿，還是蕾雅，換妳開車。」克莉絲笑著將鑰匙遞到了我的手上。
「反正那不是自動車嗎！」我大聲的吐槽，大家笑成了一團。
我也笑了出來。
但總覺得現在的歡笑，掩蓋住諸多內心的疑問。

⑤

「好累啊！」

一進到飯店房間裡，我就忍不住朝眼前的床鋪撲了上去。經過了一整天的行程，現在時間已經是晚上的十點多了。畢業旅行的第一天就玩的這麼累，真擔心接下來兩天的行程會不會撐不住。

「我的腳好痠喔。」克莉絲躺在一旁揉著自己的小腿。

「妳們兩個也太誇張了吧，有這麼累嗎？」諾斯笑呵呵地走進了房間，坐在旁邊的另一張雙人床上。

「那是諾斯你體力太好了啦，我們幾乎走了一整天耶。腳都快酸死了。」我一邊說，一邊抬起雙腳跨在牆上。

「對啊，連我都有些吃不消了。」狄刻苦笑。

今天晚上我們四人住在同一間房間。

我們用猜拳來決定四個人洗澡的順序——

「剪刀、石頭、布！」

石頭。剪刀。剪刀。剪刀。

「耶，我贏了。」

狄克用他的「勝利拳頭」振臂高揮，幸運的他會得了第一個去洗澡的資格。他才剛關上浴室的門，克莉絲馬上湊到了我的身邊。看來這個問題她已經憋了一整天了。

「今天在圖書館的時候，你們怎麼分開了啊？」

「我也不知道阿，我回過神的時候就發現他不見了。等一下再問他好了，今天也還沒有機會好好問他。」

「我還以為你們孤男寡女獨處的時候發生什麼事情了呢！」克莉絲用著八卦的語氣說，面露著不懷好意的笑容。

「才沒有呢！倒是妳，有沒有跟諾斯發生什麼事情！」我反將了她一軍。

「怎樣，我跟諾斯一組妳吃醋了喔！」她大聲的笑了出來。

「才沒有呢！」

我激動地回嘴，偷偷瞄了諾斯一眼。還好，他似乎在做自己的事情，並沒有注意到我們的對話。

我趕緊轉移話題，這也是佔據在我心中一天的問題。

「倒是今天在圖書館的爆炸到底是怎麼一回事？你們都沒有看到事發的過程嗎？」

「沒有耶。」克莉絲搖了搖頭，「我跟諾斯也是聽到爆炸的聲音才跑過去的。」

「咦？那你們是在哪裡遇到狄克的啊？」

「我們一到可能是爆炸源頭的地方，狄克就已經在那裡了啊。他說他也是聽到爆炸的聲響才跑過去的。」

好吧，看來真的沒人知道那是怎麼一回事了。

過了一段時間，狄克洗完澡了。我們也依序進去浴室洗了澡，最後一個是克莉絲。等她走出浴室的時候我們其他三人都已經倒在床上，而我已經有些昏昏欲睡了。

「不對啊！」克莉絲大叫，「出來玩的晚上不就應該是要那個嗎？那個……」

「哪個啊？」我沒什麼精神的問。

「真心話大冒險啦！」她大聲叫了出來。

氣氛瞬間沉默下來，我們其他三人像是看著她表演一般。她走到了她的行李旁，翻找了一陣後，拿出了撲克牌。

「來玩真心話大冒險吧！」她舉起撲克牌又說了一次。

當然，我們其他三人並沒有拒絕那個笑容的權利。

克莉絲開始講解了規則，規則出乎意料的簡單。總之就是一人抽出一張牌比大小，最大的可以問最小的一個問題。

這根本只是為了問問題而設計的遊戲吧。

遊戲開始。

「哇！梅花五，也太小了吧。」

我都還沒看自己抽到的牌，就聽到了諾斯的哀號。

我看了我的牌，瞬間鬆了一口氣。黑桃七。看來這局應該沒有我的事情了。

「耶，我是K。看來是我最大了吧。」克莉絲興奮的說，她巡視了一圈確定了大家的牌後，接著說，「那諾斯，我要問你問題了喔。」

「恩。問吧！」諾斯語氣爽朗。

「你現在有沒有喜歡的人啊！」克莉絲露出了不懷好意的笑容。

居然是問這種問題！真不愧是提議要玩這遊戲的人，看來有備而來。我的神經瞬間緊繃了起來。

「喔，有啊。」

原來有阿。

原有來諾斯有喜歡的人。

……什麼？他說有！

大家都被他如此直接的回答給嚇到了，只有他一副理所當然的樣子。

「誰啊，是誰啊！」克莉絲將整張臉湊到了諾斯的面前。

我的心跳不斷加速，整個人燥熱到像是要燒起來一般。自己的反應居然會那麼大，我不禁感到驚訝。

「……唉呦！我已經回答完了，下一輪、下一輪。」諾斯把牌丟回牌堆裡，趕緊帶過這個話題。

我們又輪流抽起了一張牌，這次換狄克要問克莉絲問題了。

「我不知道要問什麼耶。」狄克仰頭想了一下，「不然……就問一樣的好了。克莉絲，妳有喜歡的人嗎？」

「有！」她精神飽滿的答到。

「是誰啊！」諾斯和狄克異口同聲地叫了出來。班上的美少女突然說自己有喜歡的人，讓這兩個男的都嚇了一大跳吧。雖然她也從來沒有直接告訴我過，但其實我隱隱約約好像知道些什麼。

「才不告訴你們，來呀，繼續阿。」克莉絲笑的可開心了。

我開始緊張起來了，如果等一下輪到我被問的話，我該怎麼回答呢。
我看了看我抽起的那張牌……
黑桃四。
完蛋了……
「耶！最大的黑桃A，是誰要被我問問題啊。」克莉絲興奮的直接將她的牌丟了出來。
「應該是我……」我無奈地把我的牌拿了出來。
「不對，是我……」狄克說。
我用看到救世主的眼神看著他手上的那張梅花三。
「喔耶！好險。」我歡呼。
「那狄克，你喜歡的人是誰！」克莉絲問。她的情緒真是越來越高亢了，整張臉都泛著紅暈。
「我……等一下！這問題一下子跳太多了吧，不是應該要先問我有沒有喜歡的人嗎？」狄克慌張地說。
「那樣子問太慢了阿。剛剛是暖身題，現在我們要正式來了！」克莉絲說完，自己笑了出來。
「怎麼這樣……」狄克看起來很無助。他低下了頭，似乎正天人交戰著該不該說出口。
「要真心話喔。」克莉絲說。
「對阿，對阿，你要說真心話喔。」諾斯也在一旁起鬨。
「蛤……」狄克發出了無奈的聲音。他抬起了頭，看了看克莉絲，又看了看諾斯，最後又看了看我。

「恩……？」

奇怪？他目光停留在我的時間好像特別的久。我眨了眨眼，他迴避了我的視線，接著用很小的聲音開了口。

「蕾雅……」

咦？

他在這種時後突然叫我做什麼？

啊……

諾斯跟克莉絲跳了起來，在房間裡亂跑尖叫。只留下我跟狄克尷尬地坐在原位。

「居然真的說出來了！」諾斯跳到了另一張床上，站在上頭驚訝的說。

「啊啊啊啊，好害羞喔。」克莉絲也摀著她的臉，看來她的少女心已經爆發了。

這種情況，我該怎麼辦呢？

也太突然了吧。

「好啦，你們回來了，我們來下一輪了啦。」狄克抬起頭大叫，但另外那兩個人已經完全失控，絲毫沒有要理會他的意思。

我抬起頭看了狄克，不小心對到了眼。我趕緊避開了視線。

「阿……抱歉。」狄克說，我不曉得他是針對哪件事情，但我也開口說：

「沒關係。」

好尷尬。

「好啦，快回來坐好，玩下一輪了。」狄克語氣已經瀕臨崩潰。

「不用玩了啦，今天晚上已經問到那麼勁爆的東西了。」克莉絲笑著說。

「對阿，對阿。」諾斯興奮在另外一個床上跳啊跳的。

「你們怎麼這樣啊！」狄克歇斯底里地叫了出來。

「也差不多該睡了啦，明天早上可是要早起去海邊玩呢。」克莉絲說。

「對阿，早點睡明天才有體力繼續探險。」諾斯從床上跳了下來。

這收尾怎麼說也太突然了，但我也只能跟著附和：

「恩，好吧。我們早點休息吧。」

我尷尬的起身，不知道為什麼又很不自然的補了一句：

「晚安喔。」

「恩……」

狄克沒有抬起頭，我無法看清他現在的表情。

⑥

沙灘上傳來了陣陣歡笑。

陽光灑在海灘上，海面波光淋漓。在海水中隨著海浪漂著的人，在岸邊踩水的人，在沙灘上堆著沙堡的人。像是蒙上了一塊名為青春的濾鏡，此起彼落的嘻鬧聲，所有的同學不分男女都玩得好不盡興。

「唉……」我嘆了口氣。

如果昨天沒有發生那件事情就好了。

我獨自一人走在海岸邊，嬉鬧聲漸漸的被我拋在了後頭。此刻的我只想先靜一靜，慢慢釐清我腦袋裡的思緒。

原本還以為一覺醒來後一切就會恢復正常，但沒想到和狄克間還是莫名的有些尷尬。其他兩個人不但沒有幫忙我們緩解，反而也跟一起陷入尷尬的窘境。剛到海邊的時候，狄克說他不想下水，想在岸邊曬曬太陽就好。沒想到諾斯跟克莉絲居然也沒有邀請他一起來玩，就這樣放任他自已在岸邊。但以我的立場又很難開口……

怎麼會發生這種事情呢……

「唉……」想到這裡，我又嘆了一口氣。

都怪克莉絲提議要玩那種遊戲。

我漸漸地遠離人潮，幾乎已經聽不到同學們的嘻鬧聲了。海岸線從細沙慢慢變成大岩石，也差不多該回頭了。

正當我這麼想時，突然注意到了前方好像有什麼東西。有個什麼非常突兀的豎立在海面上。

「那是……什麼東西阿？」

那東西怎麼看都非常怪異。

前進的路線被一些大石頭擋住了，但實在抵擋不住我的好奇心。反正石頭也不大，我雙手一撐爬了過去。

距離稍微靠近了點，我瞇起眼睛想要看清楚。

似乎是一張告示牌。

雖然路面不好走，但我還是情不自禁的加快了腳步。再走近一點之後，稍微看清了上面的字。我的心頭一顫，看來我不小心接近了危險的地方。那張告示牌就這麼豎立在海面上，警告著我。這根本就是陷阱吧。

原本應該就這麼回頭的，但我又注意到了個有些怪異的地方，令我不得不在意起來。想要走近一點確認，但對於要不要下水實在有些猶豫。雖然我站的石頭距離水面不過一公尺左右，但我卻不知道海水有多深。

我坐在岩石旁，腳懸掛在海面上。差這麼一點點就可以碰到海面了。我努力的伸長了我的腳，但依舊是碰不到。

「阿……」

右腳的拖鞋不小心滑落，掉了下去。

我往下一瞧，沒想到拖鞋沒有沉下去，但它也沒有浮上來。它似乎穩穩地停在海面上。

咦？難道這裡其實很淺嗎？

我找了根樹枝做確認，沒想到那根本就只有淺淺的一層水。我跳了下去，撿起我的拖鞋。抬起頭，那根告示牌豎立在我的不遠處。

——「危險海域，請勿進入」

「……」

還是過去看看好了。

腳下踩的觸感並不像沙灘，而像是人造的、有些平整的水泥觸感。之前應該是海堤吧，但不知為何現在低於海平面。我每走一步都要反覆確認好幾次才能的踏出。海水冰冰涼涼的，輕輕地流過我的腳邊。

距離其實不遠，但走的膽戰心驚，好不容易才到了告示牌旁。

「阿……果然。」

我伸出手，在快要觸碰到告示牌之際，突然感受到腳邊一股強烈的吸引力。

「阿——！」我驚慌失措地叫了出來，下一個瞬間，我跌倒了。

接著，我順著海流被拖走，失去了意識。

這個世界的運行模式到底是什麼呢？

總覺得缺乏了很多關鍵的因素，導致周遭有很多不協調的感覺。

雖然什麼都不管似乎也可以一直這樣生活下去，但這個世界一路進展到了現在，誰又知道未來的科技又會變的怎麼樣。

只有未來，我們完全無法預測。

因為我們完全不知道過去。

過去。

沒有過去可以當做借鏡。

當我再次醒來之時，腦袋有些昏昏沉沉的。剛剛腦海裡閃過的那些，該不會是所謂的跑馬燈吧……

「咳、咳……」

我咳起嗽來，看來剛剛喝了不少海水，鼻子跟喉嚨都感到極度的不適。

「蕾雅，還好嗎？妳終於醒了。」

是誰？我嚇了一跳，往聲音的源頭看去。

「咦？狄克？」

看到是狄克的瞬間，我有種放心的感覺。他輕輕地拍著我的背：

「身體還好嗎？」

「……恩，應該沒事。」

我深呼吸了幾次，確認自己的身體沒有問題。環視了周遭一圈，這裡不像是剛剛溺水的地方，但也不像是同學們嬉戲的岸邊。

「狄克，這裡是……？」

「這裡……我也不知道。」狄克似乎刻意避開了我的視線。

「你不知道？什麼意思。」

「這裡……似乎是海上的一座小島。」他的話語中充滿了不確定感。

「……小島？哪來的小島？難道我飄了很遠的距離？」

「……」

「咦？狄克，那你為什麼會在這裡？」。

「我……其實一直跟在妳後面，對不起。」他低下了頭。

「跟在我後面……所以……你有看到我落水？是你救了我？」

「恩……算是吧。」

我的腦袋混亂，可能是剛從昏迷狀態醒來的關係，腦袋還在缺氧。得到他的回答後，讓我更加不理解了。如果他救了我，我不是應該在原先的海岸邊嗎？為什麼會跟他一起飄到了另外一座島嶼？到底是什麼意思？他跳下海救了我，然後一起被海流送到這裡了嗎？沿途他一直力保我的呼吸正常？

「我不懂。」

我只能總結出這三個字。

「妳不懂……」狄克重複呢喃著我的話。

隨後，他抬起頭對我笑了。

那是個皺著眉，表情有些扭曲的笑容：

「先別管那些了，我們應該先來考慮該怎麼離開這裡。」

「對耶！」

我心頭一驚，我們現在在這裡的事情可能沒有人知道。看到我的反應，他笑了出來：

「妳怎麼現在才發現這件事情的嚴重性阿。」

我也跟著笑了出來。

彼此間的尷尬似乎在笑聲中就這麼煙消雲散，讓我放鬆不少。那種尷尬感，甚至是比我們被困在這裡還讓人緊張和不舒服。

「那我們現在該怎麼辦呢？難道要學電影裡面一樣，在沙灘上寫ＳＯＳ嗎？」我說。

「可能真的要喔，還要升個煙讓路過的人可以發現。」

雖然只是開玩笑的，但不做白不做。我在一旁找了一根樹枝，準備在沙灘上寫下大大的

「ＳＯＳ」。

我用樹枝在沙地上畫著，但第一個Ｓ都還沒有寫完，就感覺樹枝戳到了什麼。

「我好像戳到東西了耶。」

「戳到東西？」狄克湊到了我身邊。

我們兩個合力挖開了沙堆，一道光芒閃了出來。看來是什麼金屬製物品的反光。我們想把它挖出來一探究竟。但隨著洞越挖越大，那個東西卻遲遲沒有露出它的全貌，光滑的表面延伸到不知何處，看來這個金屬物品非常的巨大。

「奇怪……？」

我發出疑惑，而狄克則遲遲沒有開口說話。

我們朝一旁走了一段距離，挖開沙子，下頭依舊是那金屬的光澤。我們又走了更遠的一段距離，重複挖開沙子。

直到我們確定了一件事情。

那金屬無比的巨大，而我們就站在那個東西上。

那東西。

不，不該稱作它為東西。

小島。

這整座島，也許就是那塊金屬構成的。

這是一座人造的金屬島。

⑦

「這……是怎麼回事？」

我看著埋藏在沙灘之下的金屬表面，上頭模糊的反射出我不可置信的表情。最近發生太多我不能理解的事情，邏輯思維感覺正逐漸的崩壞。

「我們……要不要先進去看看。」狄克指著小島深處提議。

儘管面對未知的恐懼讓我腳底有點涼颼颼的，但隨之而來的好奇也讓我的心底發癢。因為怕迷失方向，我們決定沿著不遠處的一條河流往內陸前進。

一走到河邊，我們便發現了另一件更匪夷所思的事情。

「這……」

我已經沒有辦法好好地做出反應。甚至有一剎那，我懷疑自己是不是正在作夢，這樣一切不合理的情節也就說得通了。

相反的。

跟平時的認知完全相反。

這條河裡頭的水不斷往上流。

海水不停的往小島的內部流去。
而且流速異常的湍急。
「……太奇怪了吧，為什麼會這個樣子？」看著眼前的畫面，我不禁屏息。
那畫面實在太過衝突了。
狄克沒有回答我。他看著眼前的畫面，停下了腳步。
「狄克？怎麼了？」
「我看，還是算了吧。」他的語氣顫抖著。
一瞬間，他那高大的身軀以及害怕的語氣讓我想起那天的事情。
跟那天去屋拉諾巨洞的時候一樣。
他膽小的身影和那時重疊了。
「為什麼？」話一說出口的瞬間，我才發現自己的語氣也在顫抖。
「……總覺得不能再前進了。」又是這樣，他又說出了完全沒有根據的話。
但，那天在巨洞裡他也是這麼說的，隨後還真的發生了那樣恐怖又危險的事情。
「我覺得我們還是得進去一探究竟。」
我語氣有些強硬。雖然也許伴隨著危險，但如果停駐不前的話就永遠不會知道事情的真相了。如果是諾斯的話，肯定也會有活力的大喊：「出發！」，一邊帶領著我們繼續前進冒險。
我不管狄克說了什麼，逕自往裡頭走去。狄克嘆了口氣，還是默默地跟了上來。

島上並沒有其他什麼特別的東西，不過就是一些叢生的花草樹木。但隨著不斷往內走，那水流聲聽起來也越來越湍急、越來越大。大概走了十幾分鐘的時間，我們就走到了島的正中央了。

怎麼能斷定那是正中央呢？

我們沒有地圖，其實也無法確定，但直覺性的就會這樣認為。

那裡有個超級巨大的排水孔。

如果要用家裡洗手台裡的排水孔來比擬的話……

不，根本無法那樣比擬。

因為這個排水孔幾乎就跟屋拉諾巨洞一樣，沒辦法看清邊界。

來自各個方向的水都不斷的流入其中。

與其說是用流的，更像是用吸的。

白色混濁的水像是不斷被吞入地球地深處。

「為什麼這些水，會一直被吸進去阿……」我忍不住問。當然我不奢求狄克給我解答，那只是一種打從心底的疑惑。

狄克沒有說話，他肯定也對眼前的情景充滿了疑問吧。

或是，同時挾帶著恐懼。

這些大量的水不停地被這個「排水孔」吸了進去，到底會被送去那裡呢？想到這裡，突然全身打了個寒顫，背脊冒出了冷汗。

地外人。

地外的世界。

「真的有地外人。」我脫口而出。

「才沒有——！」狄克突然歇斯底里地叫了出來。他那高大的身材加上那和他不搭嘎的行為，一時之間讓我愣住了。

四周只有湍急的水流聲。

「……那你告訴我，這些海水會流去哪？」相較於狄克的恐懼，我的語氣異常的冷靜，冷靜到讓我自己也感到害怕。

狄克沒有回答我。

突然間，我又意識到了另外一個問題。

這座小島。或者，準確一點來說，這座「排水孔」是個人造的東西。

那……我們早就知道有地外的世界了嗎？

「我們快點去岸邊吧，搞不好有人來找我們了。」狄克說。雖然他明顯在轉移話題，但其實他說的也沒錯。繼續待在這裡也不會知曉什麼事情，如果錯過來找我們的人那就糟了。

我們動身往來時路走去，折返回剛剛出發的岸邊。

一旁的河流，仍舊湍急的往反方向流去。

路上的景色也沒有改變，但我卻又覺得一切都不一樣了回到了沙灘，那裡留有我們一個個挖過的坑洞。跟剛剛一樣，完全沒有任何人來過的跡象。

「這下怎麼辦呢？」我有些擔心。

「也只能等了吧。」

我們找了棵樹，躲在它的陰影之下。我們倆並肩坐著，面向大海。等待的時間漫長而且無聊，我們自然的聊起天來。

「欸，狄克。」我注視著海平面，太陽高高的掛著。如果不是在這樣的處境，一切應該很美好的才對。

「怎麼了？」他跟我注視著相同的方向。

「可以告訴我，你到底在害怕什麼嗎？」

「……什麼意思？」

「你不要裝傻。」

他沉默不語，我轉過頭看著他。

「就像剛剛那樣，還有像上次去屋拉諾巨洞的時候也是，總覺得你最近……有時候，不知道在害怕些什麼。」

「我在害怕些什麼嗎……」他將低下的頭埋進雙臂之中，「其實我自己也不曉得。」

「不曉得？你自己也不知道嗎？」

「恩……那是一種我自己也無法釐清的感覺。」

「……」

「硬要說的話，算是感到有些迷惘吧。蕾雅，總有一天，等我自己也搞清楚後，會再好好跟妳解釋的。」

我看著他的側臉，陽光灑在上頭，閃耀著某種憂鬱的氣息。微風輕輕地吹撫著，他的髮梢隨之擺動。微微的瞇起眼看著他，總覺得這些日子來他似乎有哪裡變得不太一樣了。

「對了，有一件事情我一直想問你。」

我突然想起了這兩天一直卡在我心頭的疑問。

「什麼事啊？」

「昨天在圖書館，你怎麼突然不見了阿？」

「阿……那個……真的很對不起。」

「是為什麼啊？」

「我……」

「有什麼事情是不能說的嗎？你昨天連喜歡我的事情都說出來了。」

「啊！真的很對不起！」他慌張地叫了出來，「害妳尷尬，真的很對不起。」

「是沒關係啦。」看到他那麼緊張，我忍不住笑了出來。

「其實……我一直都知道妳喜歡的是諾斯。」

「我、我、我哪有啊！」

被他這麼一說，換我叫了出來。

「其實我昨天說出來之後有點後悔，不過好險沒有尷尬太久，這樣一來心情反而暢快了不少呢。」他舉起雙手，伸了一個大大的懶腰。

「我沒有喜歡諾斯喔。」我再次申明。

「哈哈哈哈，好啦我知道了。」他大聲的笑了出來。

對話陷入了短暫的沉默。

「對了……」

「嗯？」

「妳怎麼會走到那個海邊，那個牌子……」

「對！」

我拉高了音量，站起了身子。我怎麼會一時忘記了造成現在這種處境的原因呢：

「你也有看到那個牌子嗎？」

「恩，有阿。上面不是寫……」

「那是被貼上去的！」

「被貼上去的？」

「它的下面原先有其他的字！我在跌落海裡之前，稍微撕下了一角，我看到了！」

「……妳看到了什麼？」

「恩……」

我低下頭沉思，腦海中的畫面有些模糊，但感覺就算想起來了，也拼湊不出那塊板子背後的全貌。

狄克突然拍了拍我，打斷了我的思考：

「欸，是不是有船的聲音。」他也站了起來，看向遠方。果然有一艘船正在海面上航行。

「對耶，快，讓他注意到我們。」我緊張的說。

「該怎麼做阿……對了。」他話說了一半，便拖下了他的上衣，在空中甩呀甩的。

「這樣最好是有用啦！」

但不知道是不是狄克的方法奏效，那艘船竟漸漸地朝我們的方向駛了過來。

「太好的，得救了。」我鬆了口氣。

船隻慢慢的靠岸，有人走下了船。

是校長。

有一個瞬間，校長的反應看起來比我們還要驚訝。但隨即又恢復了平時的威嚴。

「太好了，你們都沒事，趕快上船吧。大家都在等你們。」

我們走上了船。船上除了校長，就只有另一位開船的船夫。我待在船艙的一隅，因為獲救而放鬆了下來。

在半夢半醒之間，我聽見了船夫和校長的對話。

「真是稀奇呢，雖然偶爾會有人溺水，但第一次遇到活著的。」

「嘖……」校長發出了咋舌的聲音。我看不到他們的表情，但他們的話令我打從心底產生了恐懼。

這不是第一次發生了？

第一次遇到活著的……？

那不就代表，之前的人都死了？

我看向狄克，我不確定他有沒有聽到校長他們說的話。但他雙眼閉著，看來似乎是睡著了。

這到底是怎麼回事？

船程很長，我訝異自己居然飄了這麼遠的距離。我原本想再回去看那張告示牌的，但在這種情況下根本不敢開口。

抵達岸邊後，海邊的活動已經結束了，我們趕緊跟上了接下來行程。

當天晚上，我跟狄克又被叫到了校長面前。

⑧

「校長又找你們去幹什麼啊？」

一回到房間，克莉絲就緊張地上前關心我和狄克。

「沒什麼啦，校長只是問我們是怎麼到那邊的，然後關心了一下我們的身體狀況。」我看了狄克一眼，擠出了笑容。

但依舊抑制不住我微微發抖的雙手。

「只是這樣嗎？」諾斯也面露擔心。

「真的、真的。」狄克說，但他的心情應該跟我一樣忐忑不安。

我們兩個在船上的時候，就已經再次被校長下了封口令。關於那座小島的事情我們絕對不能向他人提起。從校長嚴肅的口吻中，就可以猜的到這件事肯定非同小可。

——「你們絕對不能提到有關這座小島的事情，絕對。」

總有種感覺——

就算我們在途中又被丟下了海，被滅口了也不奇怪。

沒想到我居然會有這種念頭。

「倒是你們真的太誇張了，居然飄到這麼遠的地方。還好沒事。妳都不知道大家發現你們不見時有多緊張。」

克莉絲說到一半時眼淚又嘩啦啦的流了出來，這已經是她今天第三次在我面前因為這件事哭了。我抱住她，混亂的心情得以稍稍放鬆。

這世界是不是有點奇怪？大人們似乎知道些什麼事情，但卻同時瞞著我們。

我們剛剛又被校長叫去了一次，也讓我再一次意識到事情的嚴重性。

「回到學校後，我們會在你們的身上安裝監聽器，也會隨時派人監視你們。」校長的口吻異常嚴肅。

這不只是為了你們，也是為了我們的世界好。校長在最後這麼說到。

畢業旅行的最後一天，我整天都帶著這種不舒暢的心情。雖然跟大家一起玩還是很快樂，但只要一安靜下來，腦袋裡就不免開始胡思亂想。

那座島的存在，到底代表著什麼意義呢？

為什麼校長似乎知曉了一切，卻又不能讓大家知道？

是只有校長知道嗎？還是其實所有的大人，就連我的爸爸媽媽都知道呢？

地外人……地外世界，真的存在嗎？

我的畢業旅行，就在那麼莫名其妙的情緒之下結束了。

回到學校後，最後不到一個月學生生活也過得糊裡糊塗的。不只被安裝了竊聽器，我跟狄克也確實的感受到身邊常常有人在監視著我們的感覺。

我甚至懷疑過，我們真的有辦法順利畢業嗎？

又或者，我們得這個樣子被監視著一輩子嗎？

那一個月的時光非常的漫長，每天都過得提心吊膽。

終於在畢業典禮結束後，校長取下了我們的竊聽裝置，也告知我們不會再被監視。

事情就這麼結束了？連我自己都感到意外。真的解脫了嗎？

但不論如何——

我們，畢業了。

第三章　異鄉

①

畢業後的生活比當學生時無聊多了。

整天待在家裡，雖然對未來要做什麼已有初步的想法。但才剛結束十二年的學生生涯，總想先好好的休息一陣子。尤其是在學生生涯的最後一個月留下了這麼不好的印象後。

說也奇怪，為什麼一畢業我們就可以不用受到監視了呢？明明我們還是隨時有機會能跟其他人說我們遭遇的事情。當然，沒事也不會去這麼做。

也不全然只有抱怨，畢業後還是有一些好處的。現在每天都可以懶洋洋的睡到自然醒，也因為不用去上學，幾乎每天都可以跟父母一起坐在餐桌前吃早餐。

歐蘿阿姨站在木箱上，在爐灶前忙個不停。

「蕾雅啊，雖然不一定要工作，但是妳還是要找一點自己想做的事情吧。」

爸爸看著電視，用輕鬆閒聊的口吻說。畢竟我已經畢業了將近一個月，整天都還是在家裡無所事事，會擔心也是正常的。

「有啦，爸爸。我已經有想好我要做的事情了。」

「喔？什麼事情啊？」爸爸將視線轉向我。

「我想要多看書。媽，妳之前有在圖書館工作過吧，我想拜託妳一件事情。」

「什麼事情呀？媽媽可以幫上忙的話一定會幫的。」媽媽微笑著說。

「妳之前工作的圖書館，有關於歷史的書嗎？」

「……」

媽媽的笑容逐漸消失，原本充斥在客廳裡的溫馨氣氛霎時消退。餐桌上的氣氛隨之凝結。

怎麼了？我說了什麼不該說的話嗎？

「來喔，太太、蕾雅小姐，要上菜了。」歐蘿阿姨辛苦的爬上了箱子，將一個個盤子擺上了餐桌。

沉默隨著碗盤上桌的聲響打破。像是回了魂般，媽媽重新開口：

「『歷史』……媽媽不太知道那是什麼意思耶。」

「對啊，爸爸也沒聽過這個詞。」

「咦……？」

不知道？居然連爸爸和媽媽也沒有聽過這個詞。

「妳是在哪裡看到這個詞的啊？」媽媽問。

「是在……」

在話要說出口之際，地板像是突然湧現出無數隻黑色的手，一路往我的身上攀爬而來，狠狠的揪住我的心臟。我全身瘋狂的盜出冷汗，手也不自覺的顫抖了起來。話語盡失，只能呆立在原地。

竊聽。

監視。

絕對不能說出去。

我拚命的裝作自然，但還是不斷大口喘著氣。不這樣做的話，根本抑制不了劇烈加快的心跳。在學校的最後那一個月，被封口的恐懼以及伴隨而來的制約原來已經如此深入內心。

「……沒什麼，我只是問問而已啦，如果沒聽過的話就算了。」我勉強擠出笑容。

用完早餐後，爸媽回到了房間，剩我一個人呆坐在飯廳裡。歐蘿阿姨站上了桌子旁的木箱子收拾餐盤。

「蕾雅小姐。」

被喊了名字，讓我回過神來。

「嗯？怎麼了？」

「妳……沒事吧？總覺得妳最近……有些心事。」

「恩……沒什麼啦，也許只是我想太多了而已。」我苦笑，低下了頭。

「小姐……為什麼妳會想問……想問有關『歷史』的事情？」

「歐蘿阿姨，妳知道什麼是『歷史』嗎？」我驚訝的抬起頭來。

只見歐蘿阿姨慢條斯理地走下木箱，慢慢地走向洗手槽的方向。我轉過身子看著她。

她緩慢地爬上了洗手槽前的木箱子，將那些用過的盤子放了進去。

「當然知道阿，那又沒什麼。」歐蘿阿姨語氣輕鬆，但從背影看來卻不是這麼回事。

「那到底是什麼東西？為什麼我之前從來沒有聽過？」眼前有能夠解開疑問的曙光，讓我不由得激動了起來。

「『歷史』對於我們亞特人來說，是很普通的東西啊。」她似乎正淺淺的笑著。

「所以那是什麼？」

「就是過去啊，過去的各種事情。」

過去？

就這麼簡單嗎？

但，我好像從來沒有想過，這個世界以前的事情……

咦？這種腳底發麻的感覺是怎麼回事？

「鈴──！鈴──！」

家用電話突然響起，歐蘿阿姨踏下箱子，走去接起了電話。不久，她高舉著話筒對著我說：

「小姐，是妳的電話喔。」。

「好……」我起身走向歐蘿阿姨的方向。感覺踏出的每個步伐都異常的沉重。

過去的事情。

「喂？蕾雅嗎？」

接過電話，電話那頭傳來的是諾斯的聲音。聽到他的聲音似乎讓我的心情稍微平靜了些。

「恩，我是。」

「我是諾斯啦，要不要再出去探險啊？」

興奮的語氣讓我隔著電話都能想像到他充滿朝氣的笑容。我毫不猶豫的就答應了，畢竟畢業後的這段時間已經將我悶壞了：

「好啊！這次要去哪裡探險啊？」

「嘿嘿嘿，妳聽到了可不要嚇到了。我們去亞特蘭提城冒險！」

「亞特蘭提城，這也太遠了吧！」我驚呼，隨即發現自己喊得太大聲了。

我偷瞄了歐蘿阿姨一眼，她並沒有在看我這邊。

亞特蘭提城是歐蘿阿姨出生的地方，也就是屬於亞特人的故鄉。同時也是包含福瑞斯城在內地球內唯二的另一個大城市。

「都畢業了，我們當然要玩一波大的啊！」他的語氣越說越高昂，而我也被感染般地興奮了起來。

「那我們要怎麼去啊，要去那裡不只要開車，還得搭船吧？」

「嘿嘿嘿嘿嘿，到時候妳就知道了。」

「唉呦，你幹麻不現在跟我說啊？」

「嘿嘿嘿嘿。」

……真是十足的挑起了我的好奇心。

「那我們要什麼時候去啊？」

「那就明天出發吧！」

「明天！」我驚呼。亞特蘭提城可不是什麼隔壁的村莊，它可是遠在地球另外一頭。

「對阿，我們明天就出發阿，記得多帶幾天的行李喔，搞不好會去很多天……」

「等一下、等一下，這也太突然了吧。」我打斷了自顧自講得起勁的諾斯。

「很突然嗎？」

「嗯嗯嗯！」我在電話的這一頭不斷點著頭。

「妳不覺得，這樣才熱血嗎！」

看來已經沒有辦法阻止他了。

「好吧，我是可以啦。只是那麼突然，你確定其他兩個人可以嗎？」

「沒有阿，這一次是只有我跟妳兩個人的探險。」

「兩……兩個人？為什麼……？」我的語氣難掩慌張和驚訝。

「開玩笑的啦，他們也都說可以喔！」

他居然在電話另一頭大笑了出來，聽到他得意洋洋地笑聲讓我有些生氣。

「……」

是惱羞成怒。
我承認我的確是上當了，但聽到是騙人的那瞬間我卻也有點失望。
「怎麼了啦，不要生氣啦。」他依舊是笑哈哈的語氣。
「才沒有生氣呢。」我故意冷冷的說。
「那就好，那明天早上十點。到廣場集合喔。」
我回答「好」，又閒聊了幾句後便結束了通話。我想其他兩個人也同樣的敵不過諾斯這樣熱情攻勢而答應了吧。
「小姐，妳要去……亞特蘭提城嗎？」歐蘿阿姨突然出現在我身後。
「對啊，諾斯也真是的，突然就說要去。對了！那不是阿姨妳的故鄉嗎？要不要跟我們一起去一趟啊？」我笑著問。
「小姐，謝謝妳。妳的好意我心領了。我只是在想，最近去我們故鄉的觀光客也越來越多了，甚至連你們小孩也開始想去了。」歐蘿阿姨溫柔的回應。
「是嗎？真的不用嗎？阿姨有多久沒有回去了阿。」我替歐蘿阿姨感到可惜。但是其實四人家中都有亞特人的傭人，如果只有歐蘿阿姨去似乎也有些說不過去。
「小姐，真的沒有關係。我有多久沒有回去了阿……從妳出生前就來這裡了，算一算也快二十年了吧。」阿姨扳著她粗短的手指頭算著。
「好久喔，妳都不會想家嗎？」我簡直無法想像自己離家那麼長的時間。

「當然會阿，小姐。不知道能否麻煩你一件事情。可以的話，能幫我帶封信去給我的家人嗎？」

歐蘿阿姨雙手合掌，用著懇求的語氣。

「當然！當然可以啊！」難得聽到歐蘿阿姨有求於我，我開心的一口答應。

「謝謝妳，蕾雅小姐，妳真是個好人。」她敬了個禮。

「這點小事沒有什麼啦。」能幫助到歐蘿阿姨，我也很開心。畢竟她平常也為我們家打理了那麼多的事情。

「對了，歐蘿阿姨，亞特蘭提城有什麼好玩的嗎？」

探險這種事情問當地人也許可以知道一些私房的景點。

「恩？我想想喔。」她歪著頭，用一手抵著下巴思考著。等她再次她起頭，語氣突然嚴肅了起來：

「……蕾雅，妳想知道『歷史』是什麼嗎？」

「如果是想或不想的話，應該還是想吧。畢竟，我剛剛才發覺我對過去完全不了解。以前究竟是發生了哪些事情，世界是怎麼慢慢變成現在這樣的，這些都讓我很好奇。」

「那妳只要注意一件事情。」歐蘿阿姨語氣沉了下來，眼中閃過了一絲黯淡的光芒。

——「繼續保持好奇。」

②

隔天上午我準時到了集合的廣場，映入眼簾的畫面讓我不禁訝異。

飛機。

在那停著台飛機，雖然比畢業旅行那時搭的還小多了，但搞不好小飛機更加稀有。諾斯站在一旁，對我揮了揮手。

「諾斯，你怎麼會有飛機？」我小跑步上前。

這台飛機雖然比較小，但也因此可以看清楚它的全貌，流線型的機身加上金屬製的外殼，不禁讓人感覺氣勢磅礡。

「早安阿，蕾雅。妳看，這台飛機很帥吧。」

「真的，超級帥的。」我摸了摸它，發自內心的說，「但是你哪裡來的飛機阿？這應該很貴吧。」

「身為一個愛探險的人，畢業後一定要想辦法弄到一台飛機吧。」

他拍了拍飛機，金屬聲響迴盪在廣場中。

「正常人最好是弄得到一台飛機啦。」我忍不住吐槽。

「我不是一般正常人啊。」

「咦？」

「我……」

他的語氣異常嚴肅，視線垂下。我吞了口口水，對於這突然其來的氛圍和他接下來要說的話感到莫名不安。

「我是一個愛探險的人啊！」

此刻他笑的越燦爛，我就覺得他顯得越欠揍。

「唉……」我哭笑不得的嘆了口氣。

結果他還是沒有回答到我的問題。不過先不管飛機到底是哪來的，原先我還一直擔心我們該怎麼去亞特蘭提城。和畢業旅行去的角望郝方向相反，但距離一樣很遠，中間又隔著海洋。原先就覺得如果沒有飛機可能很難抵達了。

「那其他人呢，怎麼都還沒來？」我環視四周，廣場上不見其他人影，「還是他們已經在裡面了？」我指著飛機問。

「沒有阿。」他停頓了一下，摸了摸鼻子：

「我不是說今天只有我們兩個嗎？」

「蛤！真的假的啦……」我略為失控的叫出了聲音。

「哈哈哈哈，開玩笑的啦，妳的反應也太大了。」

諾斯誇張的笑了出來，頓時我的雙頰發燙。

沒想到我又被騙了一次！

「你很奇怪耶，我不去了啦。」

我甚至有點想哭的衝動，真是太丟臉了。

「好啦，不要生氣嘛。狄克和克莉絲等一下就會來了吧。」

他趕緊安撫我，不過他那笑嘻嘻的樣子，絲毫沒有讓我想原諒他的意思。

過了一陣子，其他兩個人陸續出現，他們也先各自對這台飛機驚嘆了一番。所有人都到齊了之後，我們便坐上了飛機。飛機內部跟畢業旅行的那台差不多，不過是小型版的，總共只有六個座位。

「話說，諾斯。你居然會開飛機阿。」狄克坐在位置上對著坐在前方的諾斯說。

對耶，我剛剛怎麼沒有想到這個問題。

等等。

奇怪，諾斯現在坐在這裡，那駕駛是誰啊？

「不會啊，我不會開飛機阿。」他爽朗的笑著。

「那我們要怎麼辦啊！」克莉絲問。

「不用擔心啦。」諾斯轉過頭對我們笑了笑：

「目的地——『亞特蘭提城』。」

——「收到，目的地『亞特蘭提城』，準備出發。」

「連這台飛機也是自動的喔！」我驚呼。

「對啊，不只是這台，我們畢業旅行的時候搭的那一台也是全自動的。」諾斯說。

飛機在地面上滑行加速，接著機頭仰起。外頭的空氣受到擾動，飛機微微震動著。過了不久，我們已經飛在空中。

諾斯到底哪裡搞來這麼一台稀有的東西的？

「對了，諾斯。我想幫歐羅阿姨送個信，可以嗎？」

我想起了今天一早歐蘿阿姨交給我的那封信。她肯定熬夜寫了很多東西，有很多話想跟她的家人說吧。

「好阿，當然！其實我家的亞特人也有拜託我呢。」

不知道是不是因為畢業後很久沒有聚在一起了，我們在飛機上話題不間斷、天花亂墜的聊著，不時迸出了爆笑聲。克莉絲從家裡帶了很多零食來，儼然像個小型派對一樣。

好久沒有那麼放鬆、那麼開心了。

諾斯說路程有四個多小時，我們玩累了，就先稍作休息。雖然不睏，但我還是糊裡糊塗地睡著了。這難道是長途交通工具特有的魔力嗎？

等我再次醒來，飛機已經盤旋在亞特蘭提城的上空了。

「真的有好多河流耶。」克莉絲趴在窗戶上看著外頭，跟狄克討論著。

「那是他們的運河吧。」狄克說。

我也從窗戶望了出去，亞特蘭提城的地表上有一條一跳密密麻麻的水道劃過。雖然在課本上曾經看過，也有從歐蘿阿姨那邊耳聞，但親眼看到還是覺得很驚人。那看起來水道的部分已經比陸地還要多了。

亞特蘭提城是一個水鄉澤國。

飛機降落到了一塊空地上。聽諾斯說，這是亞特蘭提城最大的平地。從福瑞斯城來的飛機大多都是在這邊降落的。一旁停著零星幾架飛機，而我們的飛機也在那並排著。從沒同時看過那麼多飛機，雖然也不過五、六台，但那也足夠壯觀了。

「首先要去哪裡呢？」克莉絲興奮的問。

「首先，我們得去租艘船，不然我們哪裡都去不了。」諾斯指著一旁的出租船隻的店面。

我們走了過去，選了一艘看起來挺樸素的船。

「謝謝幾位大人。」

出租店的亞特人老闆說，並彎下腰對我們敬了一個大大的禮。

我們四個人坐上船，雖然有電動馬達可以自動航行，但兩個男生卻執意要用槳划。還真是兩個長不大的小孩。

水道上的船來來往往，第一次看到那麼多亞特人讓我感到有些新奇。不過在他們看來，也許我們福瑞斯人出現在這裡也挺新奇的吧。

「等等……這裡……靠岸一下。」諾斯用槳指著一旁的停靠處，氣喘吁吁地說。

真是的，誰叫你們要自己划得那麼辛苦呢？

「怎麼了，要幹麻？」我問。

「我要幫家裡的亞特人轉交信件，地點應該就在這附近。」

「這麼近阿，我要送的地方好像很遠。」

「沒有啦，因為他好像不好意思讓我專程跑太遠。我明明已經說過沒關係了。但他還是堅持要叫家人來附近跟我拿。」他無奈地笑著說。

船隻停靠岸後，我們用繩子將小船綁好，便踏上樓梯走上街道。亞特蘭提城跟我想像中的不太一樣，原本以為亞特人需要到我們那邊當傭人，他們故鄉的經濟狀況肯定不太好，看來這些都是我一廂情願的自以為事罷了。

路邊擺著一個個的小攤販，形成了頗具特色的市集。街上掛著各式各樣的布條。房子大多是兩三層樓的矮房，河道的波光淋漓反射在上頭。真是有股來到異城獨特風味。

我被眼前沒見過的異城風情迷住了，好奇地四處觀望，差點就忘了在這裡上岸的目的了，還好狄克問了一句：

「諾斯，你要找的人在哪裡啊？」

「喔喔，應該就在這附近，我們約在一間賣當地特產的攤販旁。」諾斯看著信封，那上頭應該有寫著會面的地點吧。

沿途我們繼續悠閒地走著，路上也光顧了幾間攤販。裡頭賣的大多都是一些沒有看過的裝飾品，有像是「十」字型的吊飾，也有種漂亮的藍綠色球狀物。總之，有很多我們不知道的東西。

「這是什麼東西啊？」我拿起那個藍綠色的球狀物問老闆。

「是的，大人。這就只是普通的裝飾品而已。」他笑著回答。

普通的裝飾品？這回答也太奇怪了吧，怎麼會有人這樣推銷自己的商品呢？總會有設計的概念或是它參考的模板吧。

話說，我發現亞特人的中文大多都說的很好，雖然他們也有自己的語言，但在和我們的溝通上幾乎沒有問題。

克莉絲買了那「十」字型的吊飾，而我買了球狀吊飾。

「欸，到了。應該就是這間店。阿，好像是他。」

諾斯指著一間店，走了過去。站在那的亞特人不停的左右觀望著，諾斯跟對方交談了一番，並把信交給了對方。只見對方看到那封信後，臉上露出了開懷的表情，不停彎腰向諾斯道謝。

「太好了。」我向完成任務的諾斯說。

「對阿，他真的很開心呢。感覺幫忙完成了一件很棒的事情。」他笑著說。

「那我們還要繼續逛嗎？還是要折返了？」狄克問。

「回頭吧，我們沿著河道到處逛逛，然後去找蕾雅要送信的地點吧。」諾斯說。

回到了船上，兩個男生都放棄用手划船了，乖乖地開啟了馬達讓它自動運轉。

「對了，蕾雅、狄克，有個問題我一直想問，現在都畢業了，應該可以說了吧。」在船上，諾斯突然開口。

我跟狄克互看了對方一眼。

「畢業旅行去海邊的時候，到底發生了什麼事情？」諾斯目光如箭地看著我，感覺正直視著我的心。

我下意識的摸了摸耳後，那裡在一個月前還一直被安裝著竊聽器。當然，現在已經被拆除了。看向狄克，他給了我一個不知所云的表情。

我對他點了點頭。

他對我聳了肩。

「好了啦，你們兩個直接講了啦。」克莉絲不耐煩的說。

我跟狄克又互相看了看對方，一不小心笑了出來。

應該可以說了吧。

現在在那麼遠的地方，不可能有人監視著我們。而且我們又是這麼好的朋友，他們不可能會隨便說出去的。

「就是那天……」

我和狄克把所有的事情都說了出來。

③

我們抵達了歐蘿阿姨告知的地點，那是她的老家。

「真的很謝謝妳，妳是叫……蕾雅大人對吧。」接過信後，對方抬起頭仰望著我。眼神中充滿著感動。

我成功完成了歐蘿阿姨指派的任務，送信的對象是她的兒子。歐蘿阿姨在兒子七歲的時候就離開了家鄉，算一算，她的兒子現在也二十七歲了吧。

「叫我蕾雅就好了，你是歐蘿阿姨的兒子吧？」我笑著對他說。

由於身高的關係，我低著頭看著他。也因為這樣的關係，有點難想像對方其實比我大了十歲。

「是的，謝謝妳。我媽媽現在過的還好嗎？」他緊緊握著手中那封信。

「恩，雖然有點上了年紀，不過身體還算硬朗。」但腳有些不方便了。這句話我沒有說出口。

「那真是太好了，希望有機會我可以去看看她。」

「好啊，有機會一定要來，我們再好好招待你。」

「真是太謝謝妳了，感覺你們人很不錯，那我就放心了。媽媽在妳們那邊一定也過得很好吧。」他笑著說。

「當然，也承蒙你母親平時的照顧了。對了，你在這邊是在做什麼工作的啊？」我隨口問了一句。

「我嗎？我在研究歷史。」

我的心頭一驚。

如此突然，又異常的自然。

甚至沒有一點違和感。

「歷史」兩個字，從他的口中出現。
我用力地眨了眨眼，感覺腦袋異常的脹熱。腎上腺素湧上讓心跳加快，想要開口話語卻卡在喉頭。這一陣子所追尋的某種答案也許就在眼前。
「妳的朋友不是在外頭等妳嗎？還是不要因為我耽誤這麼久才好。」
「……我想知道，所謂的歷史到底是……」
「謝謝您幫我送信來，真的是十分感謝。」
「……什麼？」
他敬了個禮，接著走過我的身邊，我還沒得到任何答案，就被不明就裡的送出家門。
「蕾雅小姐，妳就先好好去到處看看吧。」對方突然重新開口。
「等妳回來之後，我們再來好好的討論歷史。」回過頭看去，對方笑著對我說。
那笑容跟歐蘿阿姨非常的相像。
走出了歐蘿阿姨的老家，其他三個人在外頭等著我。一看見我出現，諾斯就問：
「有順利把信交給對方了嗎？」
「恩，他看起來很開心。」倒是我的心情有些複雜。
「那我們該做的任務都完成了。」諾斯的語氣顯得高昂，「接下來就進入重頭戲了吧！」
「什麼什麼！」克莉絲也很配合的拉高了語氣。
「聽說這裡有一座很大很大的建築物，裡面有關於地外人的祕密。」諾斯說。

「地外人！」克莉絲叫了出來。

我下意識地看了狄克一眼，他意外的沒什麼特別的反應。

「那個建築物距離這邊遠嗎？」我問。

「不會很遠，乘著船應該大概……不用一個鐘頭吧。」

「那我們趕緊出發吧。」

我愣了一下，驚訝的往聲音源頭看去。那句話是由狄克的口中說出來的。

我們回到了停靠小船的地方，坐上了船。自動馬達聲吱吱作響，水面被船首一分為二，激盪出陣陣波紋漣漪。徐風吹撫，空氣中帶著涼爽的氣息，也讓積在身體裡的煩悶感稍微減緩了些。

果真如諾斯所說的，不到一個小時的時間，那建築就出現在了我們眼前。看的不是很清楚，但感覺佔地遼闊，左右都看不到邊際一般。

下船後走近一看，那建築物看起來異常的莊重。

我們還沒走進去，就在入口處被兩名守衛攔了下來：

「各位大人，真的是非常的抱歉，請原諒我的不敬。但這間寺廟只有亞特人才能進入，有嚴格的規定不能讓各位大人繼續前行，真是非常抱歉。」

……寺廟？

那是什麼？

是這棟建築物的名字嗎？

「不好意思，請問寺廟是指……？」我問。

「阿……」那名亞特人愣了下，沒法掩蓋住不小心說溜嘴的慌張樣子。另一個守衛連忙幫腔：

「請不要在意，就只是這裡的名字罷了。」

這麼說反而更令人在意。

「不好意思，我們有做申請，應該是可以進去的才對。」諾斯說。

「申請？」那名亞特人狐疑。不只是他，連我們其他人也都感到疑惑。

「恩。」諾斯只是笑了笑。

那名亞特人雖然看起來依舊困惑，但也沒有再多說什麼。「好的，請稍等一下。」他丟下了這句話，和另外一個亞特人接頭接耳了一番後，就匆匆的離開了。

等他再次回來的時候，我們已經獲得入場的許可了。

「真是大大的不敬，各位大人請進吧。」

他們彎著腰，目送著我們走進入口。我莫名的感到緊張，因為他們的眼神露出種奇怪的感覺。而且我也不知道為什麼自己可以進來，我用氣音問諾斯：

「欸欸，我們什麼時後有做了申請啊。」

「那點前置作業我當然早就做好啦，你們不用擔心。」諾斯回答。

走進了「寺廟」內，我們好奇地四處觀望。那裡有著許多人型雕像，看起來是由木頭雕刻而成。

那些雕像看起來跟我們人類沒有什麼差別，不過比我們高大了一些，大約有兩公尺高吧。

他們都踩在一個圓球上，那圓球跟我買的那個吊飾長的很類似。看來那圓球在這裡別具某種特殊意義。

我們隨意地閒晃著。那裡頭不特別大，許多水道在上頭交織而過，沒有花太多的時間就差不多逛完了。感覺裡頭也沒什麼不能讓外人看的東西。又或是，其實我們看到了卻也無法理解。

不過奇怪的是。從外頭看這裡時覺得建築佔地遼闊，沒想到實際走訪也就這麼點大小。正當我這麼想的時候，克莉絲指著跟剛剛入口相反方向的一片圍牆說：

「我們還有那裡沒進去耶。」

「咦？那邊過去還有東西？」我問。

「有阿，我剛剛有看到像是入口的地方。」克莉絲又指向我們剛剛走來的方向。

我們順著克莉絲的指示往來時路走去，不久後找到了她口中像是入口的地方。那裡同樣有兩個守衛在那裡。說也奇怪，為什麼在福瑞斯城的景點都沒有守衛，不會有人管我們想要去哪裡。可是這裡就有一堆守衛呢？

我們朝那走了過去，還沒抵達，其中一名亞特人守衛就走了過來。

「不好意思，幾位大人，再裡頭就絕對不能進去了。」他低下頭，畢恭畢敬的說。

「為什麼？」我問。

「大人，真的很不好意思，裡頭連我們亞特人都不能進入。」他說，頭低的更低了。

「我們有申請阿。諾斯，你那個申請沒有用嗎？」克莉絲看向諾斯。

「不好意思，我們應該有申請才對。」諾斯對著那名亞特人點頭致意。

「不行，這裡頭也不是申請就能進去的。」那名亞特人堅持，另外一個亞特人也朝我們的方向走了過來。

「應該沒關係啦，我們只是進去看看而已。」狄克不管那兩個狄克人，自顧自地往前走。

「狄克，等等！」克莉絲出聲叫了狄克，但狄克的腳步沒有停下來。

「幾位大人，拜託請不要破壞這裡的規矩。拜託了。」原本以為那兩個亞特人會武力相向，但沒想到他們倆卻突然跪了下來。

「怎麼了！你們不要這樣，快起來！」我連忙上前把他們扶起來，但他們的態度堅決。

「狄克，你先等等啦。」

克莉絲對著狄克喊，但他依舊沒有回頭。我看著他的背影，突然有種恐懼感，感覺此刻的他好像被什麼附身了。

諾斯朝狄克跑了過去，從背後攔住他。狄克轉頭看了諾斯一眼，他的眼神像是失去了焦距，看起來充滿了混沌的光芒。

「狄克，先跟他們好好說啦。」諾斯說。

狄克沒有回話，只是試圖甩開諾斯的手，但他的力氣實在比不過諾斯。

狄克轉頭瞪了諾斯一眼。

諾斯愣了一下後，鬆開了手。

「讓他們進去吧，我准許的。」

突然的話語讓我們全都愣住了，轉頭看向聲音的源頭。有一名亞特人朝我們走來，伴隨著拐杖的喀喀聲響。他駝著背、身影滄桑。由外表看來，年紀應該很大了。

我們還沒反應過來，那兩個亞特人已經站起身子跑了過去。

「長老！你怎麼在這裡？」

「你的身體還好嗎？這樣出來走動沒問題嗎？」

他們倆你一言我一語的關心著他們口中的長老，看來他應該是亞特人中重要的人物。

「讓他們進去吧，這是老夫准許的。」那個長老指著我們，又說了一次。

「可是……」其中一個亞特人語帶擔憂的說，「真的可以嗎？」

「恩，沒關係，由老夫我帶路吧。」

那個長老拄著拐杖，慢慢地朝我們走了過來。

「來吧，裡面請。」他用拐杖指著入口，似乎是在邀請我們一起進去。

「好，謝謝。」這時候除了道謝，我也不知道該說什麼了。

那兩個亞特人連忙跑了過來，幫忙打開大門。

「連我們都沒有進去過耶。」那兩個亞特人竊竊私語著。

厚重的門被打開了，裡頭傳來了巨大的水流聲。

……水流聲？

「來，各位大人，進來吧。」長老說。

一走進去，我馬上因為眼前的景象而震懾住了。

我看過這個場景。

只不過是相反的。

我看了身邊的狄克一眼，我猜他跟我應該想到了相同的事情。

那像是一個巨大的出水孔，水勢湍急的往四面八方流出，整個出水孔大到像是看不到邊際一般。

跟那天在那個小島上看到的場景幾乎一模一樣。

不過是相反的。

一個是排水。

一個是出水。

「該不會……真的有地外世界？」

這句話從我嘴裡漠然的溜出。

④

諾大的水流發出震動耳膜的響亮聲音，幾乎讓我耳鳴。又或者，是無法接收眼前的畫面，高頻率的聲響縈繞在我的腦內。極速的水流激起了水花，空氣中的水霧不斷的吹灑到我們的臉上。

看著突然出現在眼前的場景，我們四個人一時之間都說不出話來。

也許大家都聯想到同樣的事情了，只是開不了口。

「這些水都是從地外世界那邊來的喔，應該說整個地下世界的水都是從地外世界來的，我們的海水是共用的。」不等我們開口，長老就自顧自地介紹了起來。

他一邊這麼說著，一邊繼續往一旁走去。

答案突然就被眼前的長老肯定了。

「真的有地外的世界嗎？」克莉絲問，但沒有人回應他。

當然這也可能是眼前這位長老的一派胡言。畢竟我們沒有道理去相信一個智能比我們還低的種族。但，其實此刻的我已經漸漸開始相信了這件事情。

——地外世界也許真的存在。

但多年來的想像突然變得如此具體，讓人一時之間不知道怎麼反應。

「恩，真的有喔。」那位長老說：

「各位往這邊來吧，這邊還有東西要給各位看。」

他走向了另外一頭，諾大的水道和平地上突兀的豎立著一間房間。

沒有人移動步伐，就連平時總是帶著我們勇往直前的諾斯也呆立在原地，我似乎聽到他口中正在念念有詞：

「真的假的……」

「各位大人，來吧。」亞特人的長老催促了我們一聲。

沒想到第一個移動了步伐的是狄克，他快步跟了上去。我們其他三個人互看了彼此一眼，也趕緊跟上了去。

在那房間的門口，長老停下了步伐。

「史都卡、瓦羅，你們到這邊就好了。剩下的我獨自帶各位大人進去，你們回到原本的工作上吧。」

長老對著跟在我們身後的亞特人說，我轉過頭看向他們。

「可是長老，我們擔心你……」

「沒關係的，不用擔心，這幾位大人不是壞人。」

總覺得亞特蘭提城的居民都對我們帶著過度的敬意，甚至有時像是某種敵意。

「好的，請長老小心點。如果可以的話也請各位大人幫忙注意一下長老的身體狀況，感激不盡。」他們對我們點了點頭後，便照著原路離開了。

「真是不好意思，讓你們見笑了。」長老和藹地笑著。

「不會、不會，怎麼說也是我們太魯莽了。」克莉絲連忙回應。

也許因為發生在眼前的事情太突然了，大家的腦袋裡都產生了不同程度的混亂。思緒裡流竄著各種不同的想像，讓大家的反應都變慢了。只剩下克莉絲感覺還算正常。

「那麼，我們進來吧。」長老走進了那個房間。
我們跟在他的身後走了進去。
「阿……」
驚嘆聲不自覺的從我的口中溜出。
房間裡佈滿了許多我無法理解的高科技電子產物，電線、管路密密麻麻的交錯在裡頭，就連天花板上也是。滿滿的科技產物給我種冰冷的感覺。
既視感。
就跟我們在屋拉諾巨洞看到的那個房間一樣。
「又是這種房間，這些到底是什麼！」我忍不住脫口而出。
長老轉過身子看了我一眼，笑著說：
「這些是什麼我也不清楚，但我知道它們可以用來做什麼。」
長老說完，便逕自往房間的更深處走去。我們連忙跟上，途中經過了許多我們無法理解的儀器，許的管線纏繞著彼此，錯綜複雜的線路讓我眼花撩亂，腦中的思緒早已跟著打結。
房間裡一直帶給我種陰涼的感覺。
這才發現，我一直不停的微微發著抖。
「到了，就是這裡。」
長老指著一旁那不算小的球狀機械。那裡頭有好幾個座椅。很明顯的，那是要供人乘坐的。

「這是……？」諾斯低聲問。

長老笑了一下，吞了口口水，口中緩緩地吐出字句。

「從這裡可以去地外人的世界。」

「……」

沒有人做出回應。

這種時候，應該要做出什麼反應？

應該要大笑著說不可能？

還是害怕的轉身跑走？

或是直接好奇的坐進那個圓球裡？

我已經搞不清楚了。

我轉過頭看著其他三個人。他們也呆立在原地，像是當了機般。

我的手心冒出了冷汗，冷冽的感覺席捲了全身，甚至感到有些貧血頭暈。

「所……所以呢？」狄克終於開了口。

「怎麼樣？你們想要去嗎？」長老慢條斯理的說。

「現在嗎？」諾斯開口。

「當然，可以現在去。」長老轉過了身子，操作起了那些儀器。

「等等，我們今天來亞特蘭提城，奔波了一整天，都還沒有休息。」諾斯說。

「不要緊的，現在去地外，也許可以睡得更舒服喔。」長老沒有停下他的動作。

「更舒服？」我疑惑。

「沒錯。」長老說著，身邊的儀器開始有了動靜，五光十色的燈光逐漸亮起。機械啟動的聲響，音頻逐漸提高。

我的心跳也隨之加速。

在我身旁的狄克向前走了一步，克莉絲急忙拉住了他。

「等等，為什麼你們都這麼相信他說的話？搞不好他都是在亂說的阿。」克莉絲語氣帶著不安及焦急。

「我不知道，但我覺得我們得去看看。」狄克說，但他的語氣聽起來也很迷茫。

「為什麼？去了地外的世界，沒有了地面，我們搞不好會掉出這個世界以外耶。」克莉絲苦苦哀求著。

「大人，這您不用擔心，產生重力的地方在我們的腳下，即使我們到了地外的世界，也可以站在這個球體的外圍的。」長老一邊說，他手邊的動作絲毫沒有慢下來。

咦？是這麼回事嗎？

「怎麼……我覺得這太危險了，對吧，諾斯？」克莉絲說。

諾斯一副落有所思的樣子。他抬起頭看向了我：

「這裡……從地理位置上來說，似乎是角望郝的正對面。」

正對面……？

對了。

一個出水孔。

一個排水孔。

這似乎就說得通了。

原來我們地球內部的水，是這樣跟地外世界循環的嗎？

機械的運轉聲突然安靜了下來，我們轉過頭看向長老，只見長老緩緩地抬起頭：

「都設定好了，隨時可以出發了。」

狄克絲毫不在意拉著他的克莉絲，執意的往前走。

「諾斯，你勸一下狄克啦。」

也許是因為發現自己阻止不了了，克莉絲轉頭向諾斯求助。但，諾斯也往那球體的方向走去。

「蕾雅！」

我看了克莉絲一眼。

雖然很害怕，但內心裡巨大的好奇心在最近不斷的膨脹，所有其他的情緒都已經被拋在腦後。

理性。

恐懼。

害怕。

在此刻似乎也不是這麼重要了。

如果有的話，我也想看看——

地球外面的世界。

我、諾斯和狄克坐上球體上的座位。對了，這個球體的外型跟我今天買的吊飾一樣，都是藍綠相間的球體。

「長老，這個球體的造型是什麼啊？」我問。

「這個嘛……雖然我也沒有親眼見過，不過聽說是地球從外頭看起來的樣子。」

我的內心莫名的激昂起來。

原來我們所住的地方這麼的漂亮。

「你們真的都要去？」克莉絲站在一旁問。

我不知道該怎麼回應。

「長老，你確定這個不會有危險嗎？」克莉絲問。

「我……不敢保證，畢竟我也沒有親自使用過，但……從這個東西製造了以來，沒有聽說出過事情。」長老像是在思考很久以前的事情，慢條斯理的說了出口。

「好吧，我……」克莉絲已經快要哭了出來。

「沒關係啦，克莉絲，你在這邊等我們就好。」諾斯故意這麼說。

「不行，我也一起去。」克莉絲跳上了球體上的座位：

「要探險一起探險，要死就一起死嘛。」她歇斯底里地叫了出來。

「才不會死咧。」狄克笑了。

「對阿，我們是去探險的。」我也笑了出來。

長老在一旁按了幾顆按鈕：

「那準備要出發了喔。」

球體的門慢慢的降了下來。

「記得繫好安全帶。」長老說。我們趕緊照做。

我這時突然發現，球體內很不自然的一塵不染。難道這機器經常有人使用嗎？我想開口問長老，但艙門已經完全關閉了。

算了，等回來再說吧。

我抓緊著坐在我兩邊人的手，一邊是諾斯，另一邊是狄克。我們四個人就這樣牽著彼此，我感受到他們的手也都在發抖。

但同時，我居然也有些興奮。

「滋——！」

球體內傳出了像是氣體洩壓的聲音。

下一個瞬間，一股強大的墜落感襲來。

接著，我失去了意識。

⑤

勉強地眨了眨眼，有些頭昏腦脹的，全身有股無力感。我試著移動我的身體，先是手指頭微微顫動，接著四肢稍微可以挪動了。意識逐漸回復。這裡是哪裡？狄克和諾斯坐在我的身旁，而克莉絲在我的對面。阿，我還在那個球體裡。但是，感覺已經沒有再向下墜了。

感覺……

正在緩緩的上升。

「蕾雅，妳也醒了阿。」

是諾斯的聲音。

「我……暈倒了嗎？」腦袋還有些昏昏沉沉的。

「恩，不只是妳，我們剛剛都暈倒了。」諾斯說。

「為什麼……？」我的意識逐漸重新聚焦。

「感覺是施放了什麼催眠煙霧的東西吧，剛剛不是有聽到氣體的聲音嗎？也許是怕我們沒辦法承受那麼大的加速度。」

那麼短的時間內就可以做出這種猜測，真不愧是諾斯。我想起之前學到重力加速度時，似乎有提到只要超過多少的重力，人體就會承受不住。

「速度似乎在變慢了，應該快到了。」諾斯說。

與其說上升的速度正逐漸變緩慢。我倒覺得是有種失去動力，漸漸停止下來的感覺。

「到哪裡？地外世界嗎？」克莉絲的語氣有些不安。

「我想……應該是吧。」諾斯回應。

正當我們不安的臆測時，球體內突然傳出了聲音。是女性的機械音。

——「即將到達目的地，地球表面。」

「要到了嗎？」我問。

這句話可能是說給自己聽的，讓自己再反覆確認，因為這一切都太過於不真實了。

我不自覺的又抓緊了狄克和諾斯的手。狄克也用力的回握住我的手，我感覺得到他微微地顫抖。

「好痛……」

我忍不住抗議，但他絲毫沒有放鬆。我看向他，他的表情異常的嚴肅，緊閉的雙唇幾乎失去了血色。

我似乎能體會他的心情。

地球外面。

我們就要到地球外面了嗎？

從小就不斷想像那未知的世界，沒想到根本還不知道那是哪樣的存在，我們就已經要抵達那裡了。突然有股恐懼感在我心頭升起。最近幾個月來發生了太多事情，而且事情的矛頭都指向同一件事情。

地外世界。
事情發展的太過迅速，也未免太過巧合。
——「已到達目的地，地球表面。」
機械女音傳了出來，打斷我的胡思亂想。同時，上升感停止了，周圍傳出氣體洩壓的聲音。我們愣了一下，不敢輕舉妄動。這次不是催眠瓦斯，而是真的到了吧？
一陣寂靜過後，克莉絲開口：
「我們……到了嗎？」
相信所有人都抱持著這個相同的疑問。
我們到了嗎？
到達了哪裡？
球體的門慢慢開啟了。
沒有人採取動作，直到諾斯率先伸出手解開安全帶，我們身上隱形的枷鎖才跟著應聲解除，跟上了諾斯的動作。
走出球體，我們似乎是在一個房間內，周遭時不時傳出一些電子儀器音效。裡頭一片漆黑，不過隱隱約約還是能看到房間內似乎也很有多精密的儀器。
「這裡就是……地外世界了嗎？」狄克又問了一次。我也抱持著相同的疑惑，因為周遭的一切看起來跟我們的世界沒什麼不同。

空氣中傳來了湍急的水流聲。

我們走出了房間，依舊是一片漆黑。看來我們還在室內，而且幾乎沒有光線照射進來。在我們討論著接下來該何去何從的這段時間，眼睛也逐漸適應了這片黑暗。雖然還有些模糊，但稍微看的見眼前的景色了。

一個巨大的排水孔，不停的有水往裡頭流去。

「這是……」不只是諾斯，我們也都驚訝地說不出話了。

與剛剛相反的。

這些水，該不會是流往亞特蘭提城？流往我們的世界吧？

看來我們真的跑到地球外面了。

「那是什麼！」克莉絲突然指著上頭大喊。我們隨著她指著的方向抬頭看了過去。

我傻住了。

對眼前的情景完全無法理解。

原本以為一片漆黑，是因為我們還在室內，陽光無法透進來的緣故。

但我們……現在似乎是在室外，天空離我們的距離很遠。

「那個是……太陽嗎？」諾斯說，但那怎麼看也不是。

一個半圓形的物體，高高的掛在黑暗的天空中，發出了黃白色的光芒。

「為什麼，這裡會那麼暗？」我不禁疑惑，同時也感到害怕。

太陽呢？照亮一切萬物的太陽呢？難道地外世界不存在太陽這種東西嗎？

不過想想也是，太陽是依靠各處相等的引力而漂浮在我們世界的正中心，在地外世界根本無法平衡吧。

但，高掛在天空上的「那個」又是什麼呢？

……這裡跟我們的世界完全不一樣。

狄克向前走了幾步，四處觀望，嘴裡喃喃自語：

「這裡就是……地球外面。」

我們隨著他的步伐好奇地到處看看。地板上有細水流經，除此之外沒有注意到什麼特別的東西。也許是因為我不停仰望著天空，那畫面實在太過於古怪稀奇。

除了那顯眼的半圓形之外，天空上還有許多閃亮的小點，如果撇除現在對於這個世界的未知感，那畫面也許蠻漂亮的。

微風輕輕地吹撫，溜進我衣領的縫隙，涼颼颼的。我伸手壓住被風吹的不受控制的頭髮，瞇起了雙眼。就算這樣，我還是看不清這與我們不同的世界。

「那……我們現在，要做什麼呢？」沒想到平常負責發號司令的諾斯，居然開口問出這種問題。

我看了一眼手錶，現在已經是晚上十一點多了。

「我想……先休息吧，今天奔波了一天，大家也都累了吧。」我提議。

「恩，也對，那找個地方休息吧。」諾斯贊同。

我們以那巨大的出水孔為圓心，朝外頭找尋著可以休息過夜的地方。原本以為這裡可能是荒郊野外，但很快的，有一些人造物映入眼簾。

「看來不只有地外世界，也真的有地外人的存在。」諾斯說。

「對阿，但這裡怎麼都沒有人？他們去哪裡了？」克莉絲問。

「誰知道呢？也許搬到什麼其他地方了。」我說。

我們漸漸發覺這裡似乎「原本」是一座城市，但現在卻沒有任何人的影子，看起來像是座廢墟一般。我能想像這些原本都是高聳沖天的大樓，但現在大多都攔腰折斷，橫亙在街道上，上頭布滿著藤蔓植物。未崩坍下的殘垣斷壁，也被許多樹木在上頭纏繞生長。

遺跡。

看起來跟華和耶圖書館有幾分相像。

不過眼前的畫面遠比那還要壯闊許多。

在這樣的廢墟裡行動異常的困難，常常需要攀爬來跨越巨大的樹根以及倒下的大樓，還得隨時注意腳下的碎石。而異常昏暗的光線是讓我最無法習慣的一點。好不容易勉強找到了一間房子，看起來是附近保留最完整的了。我們決定今晚在這裡落腳。

走進那間屋子之際，我在外頭發現了一件事情。停下了腳步，接著大喊：

「等等，你們快過來看。」

他們疑惑的轉過頭來看著我，諾斯走了過來：

「蕾雅，怎麼了？」

我指著屋子的入口處，那裡有著一塊門牌。

「這……怎麼了嗎？『富野路25號』，不就是門牌而已嗎？我們的世界也有阿。」諾斯疑惑。

「不對，問題不是在門牌。」我難掩激動的情緒：

「我們看的懂這些文字，我們……是使用相同的文字。」

⑥

我們走進了屋內，雖然裡頭不只有一個房間，但大家很有默契地待在一起。經過了一天的奔波，又發生了那麼多事情。儘管地點不怎麼舒服，但大家還是都倒頭就睡。也是為了明天而儲備體力吧。

我睡的不怎麼安穩，有些半夢半醒的。雖然我不太認床，但直接睡在廢墟裡的地板，而且只有衣服可以充當棉被，對我來說還是略顯勉強。也許，更有可能的是因為發生了太多事情，腦袋一時半刻靜不下來。

我坐起身子，昏沉的腦袋依舊快速的運轉著，腦中閃過好多最近發生的畫面。我稍微搖了搖頭，想拋下那些過於繁雜的思緒。

「咦……？」

我環視了房間內一圈，赫然發現狄克消失了。

我想起了那天在圖書館內的情景。

走出了房間，離開了那間屋子。外頭的黑暗依舊無法習慣，還是感到有些詭異。空氣有些冷，我忍不住打了一個寒顫。

狄克坐在門口，雙手撐在身後，抬著頭仰望著天空。

「你也睡不著啊？」我說。

他肩膀一顫，我突然出聲似乎讓他嚇了一跳。但他轉過頭時隨即故作鎮定：

「蕾雅，妳怎麼也還沒睡啊？」

「恩，睡不太著。」我走到他的身旁坐下。

屋子前有細細的河水流過。

「為什麼？該不會是沒有睡在自己家裡的床上，就睡不著了吧。」他笑著說。

「才不是。」我鼓起臉頰抗議。

「開玩笑的啦。」

「恩……」

陷入了短暫的沉默，直到我重新開口：

「欸，狄克。」

「嗯？」

「你不覺得這個世界真的有很多我們不了解的地方嗎？雖然我們莫名其妙就來到外頭的世界了，

可是這裡卻又有更多我們不知道的事情。不只是這些，我最近開始覺得其實我們也一點都不瞭解自己住的城鎮。」

「是阿，不知道的事情真的很多。」

「明明不要去探究就不會這麼煩惱了，但偏偏好奇心卻還是讓我們去忍不住思考。」

「也許那就是我們人類的本能吧。會去好奇、會想去了解這個世界，想知道自己為什麼會出現在這個世界。」

我看著狄克的側臉，微光正灑在他的側臉上，讓笑容看起來有些抑鬱。第一次聽到狄克說這些話讓我有些訝異。

「希望我們了解了這個世界後，這個世界還是我們想像中我的那麼美好。」我轉過頭，與他一起仰望著天空。

在漆黑的天空底下，所有的情緒似乎都被漸漸的放大。就像所有的思緒都被聚焦於一個點上，慢慢的微波升溫。

「我們想像中的世界……美好嗎？」狄克低下了頭。

「嗯？你覺得不好嗎？」

「……也不是說不好，只能說……是了解的太少。」

「沒想到狄克你也會講出這種話呢。」

「是嗎？其實我一直都是想很多的人呢。」

「真的假的，看不太出來呢。」我笑說。
「那就當作是那樣吧，其實有時候裝做什麼都不知道也許會比較輕鬆呢。」
「你怎麼了，不要突然那麼厭世啦。你看，就算在我們那麼不了解的世界裡，還是有如此美麗的一片天空可以讓我們仰望。我們不理解的世界，也許出乎意料的美好。」
「這樣的天空……漂亮嗎？」
「蠻漂亮的吧。」
我們兩個都不再開口，只是靜靜的仰望著這地外世界的天空。
也許真的有很多的謎團我們還不知道，但如果能就這樣每天跟著大家這樣探險，其實這樣的日子也很不錯呢。我看著漆黑的天空這麼想著。
睡意就這麼悄然無聲地襲來。我跟狄克說了一聲。他說他還想要自己待一會兒，要我自己先回去房間休息。
我回到了房間裡，倒頭就睡。
出乎意料的，我好像有很久很久沒有睡的那麼沉了。
隔天早上，陽光透過窗戶流瀉進了房間裡，畢竟這裡可沒有什麼窗簾。即使不情願，過於刺眼的陽光還是讓我醒了過來。原本還想繼續賴床，但突然感到了有什麼不合理的地方，這讓我直接驚醒。
這個世界有太陽？

我起身跑向了窗戶邊。

太陽正耀眼的掛在天上，照耀著整片大地，就跟我們的世界一樣。

但，還是有些地方不同。

這裡的太陽不像我們的世界總是掛在正頭頂上，它現在感覺才剛從地面出現，在離地面很近的地方。

我看著遠方，又發現了另外一個奇怪的事情，最遠方的地面，看起來居然像是形成了一條線，彷彿這個世界有盡頭一樣。我稍微想像了一下那是怎麼回事。

看來這個世界真的是圓的外頭。

我們站在一個圓上。

正當我還望著窗外感嘆之時，其他三個人也陸陸續續的醒來，紛紛對眼前的畫面嘖嘖稱奇。

「咕嚕……」

雖然不像卡通裡那樣浮誇，但我的確是聽到了自己腸胃蠕動的聲音。到了應該吃早餐的時間，我們才驚覺這個嚴重的問題。

我們沒有糧食。

「看來我們不能在這個世界待太久。」諾斯說。

「不一定阿，我們可以在野外採集水果吃阿。」克莉絲開朗的說。

「別開玩笑了。」我吐槽。

狄克看起來睡眼惺忪的，不知道他昨天到了幾點才進來睡覺。

我們簡單的吃了些克莉絲帶來的零食，真是感謝她帶了那麼多食物出來。大約估計了一下，這些東西還可以吃個兩餐，也就是說，我們頂多只能撐到今天晚上。勉強一點，也許明天中午吧。

走出了屋子，因為太陽突然出現了的關係，我們總算可以看清楚這個城市的面貌。這裡跟亞特蘭提城有點像，是個水鄉澤國。但可能是因為年久失修的緣故，那些水道大多都已經損毀了，水跟道路的分別已經不明顯。

但說這城市像亞特蘭提城，似乎又對這座城市有些不太尊重。亞特蘭提城大多是用水泥建造的房子，而這裡的卻是用某種金屬，原先的高樓動輒都有二、三十層樓高吧。現在遺留下的傾斜大樓，真是讓人看著有些心驚膽跳。

這裡先前，搞不好就是我們想像中的那種未來都市。

但現在，許多大樹在這座城市裡盤生，我從來沒有看過那麼大的樹木。這裡到底有多久的時間沒有人了？那些樹木長進了那些大樓裡，穿過了他們，盤踞著他們生長直破天際。

目睹了未來都市。

也同時見證了未來末日。

即使沒有人類，這些植物依舊會生長的很好。沒有了人類，人類留下的遺跡變成了這些植物的地盤。

天空有幾隻飛禽滑翔而過，也許牠們現在是這個地外世界的主人吧。

兩個男生先後攀上一根巨大的樹根，再從上方將我們女生拉了上去。那大概有一層樓高吧，我瞭望著遠方的風景，不禁覺得眼前的畫面淒美。諾斯突然開口，像是有感而發：

「這是我到目前為止覺得最厲害的一次探險了。我突然覺得，我們之前所做的那些只不過是扮家家酒罷了。」

「這根本已經超乎想像了吧，簡直就像是電玩裡面的世界一樣。」我在那巨大的樹根上坐了下來。一路上，有很多我們沒有看過設施，但也有許多我們似曾相識的東西。雖然經過時間的摧殘，有些東西已看不出原來的樣貌。我不禁思考，難道有一天我們的世界也可能會變成這樣嗎？

「欸，太陽的位置好像改變了耶。」克莉絲指著天空。

我抬起頭，那陽光實在太過於刺眼，我伸出手擋在了眼前，瞇起眼睛。確實，相較於剛起床的那時候，太陽現在已經大約到了我們的正頭頂了。

「這個世界運行的法則是什麼啊？萬有引力在這裡還有用嗎？」我不禁疑問。

「也許這裡有這裡自己的規則吧。」狄克說。

「這裡是不是都沒有人了阿，感覺好孤單喔。」克莉絲突然岔題。

是阿，好孤單，真的有種落寞孤寂的心情。

我們翻過了樹根，繼續走著。

這座城市，到底發生了什麼事？

過去，有著什麼樣的故事？

「欸，有人。」諾斯突然指著前方，並朝那方向跑了過去。我們也小跑步跟上。
一看到眼前的畫面，克莉絲驚聲尖叫，那聲音迴盪在空蕩蕩地城市裡。
我們其他人也對著眼前的情景發愣。
它穿著衣服，倒在地上。
是一團白骨。

⑦

「……死了。」狄克低聲呢喃。
說是人，但我們甚至連它是不是也不能確定。
在我們眼前的只是一團白骨，它的身上披著件厚重的衣服，一旁散落著些看起來複雜的高科技產物。
「該不會這裡的人，全都死掉了吧。」克莉絲擔憂的說。
這就是我們都沒有遇到人的原因嗎……？
「不可能。」狄克突然激動起來：
「也許這座城市沒有人了，但這個地外的世界一定還有人。一定，在哪裡還有人。」
「你為什麼能那麼肯定呢？」我對狄克激動的話語感到疑惑。

「因為……」狄克遲疑了一陣，低下了頭：

「……因為不這樣的話，那豈不是太孤單了？」

「……」

是阿，我也這麼認為。

可惜我們只有一天的時間，連這個城市都沒有辦法好好的逛完，更別說去地外世界的其他城市了。

我對那具白骨身上的東西感到好奇，最終卻沒有勇氣伸手去碰。我們繼續往城市裡的其他地方探索。一路上，我們又發現了兩具白骨，在他們的身邊都有看起來高科技的產物。雖然上頭覆滿了陳年的灰塵，但那些物品似乎沒什麼生銹的痕跡。

隨著時間過去，太陽悄悄地改變了位置，到了跟今天早上相反的地方。光線也越來越弱了。

「我們是不是差不多該回頭了？」我說。在這麼不熟悉的地方，沒有陽光的話還是盡早回去比較好。

「也對，回頭吧。」諾斯同意。

其實我早已喪失了方向感，根本不知道來時的路。但好險有諾斯，他帶著大家往回走，周遭的場景漸漸變的熟悉。我不禁懷疑，他該不會真的是探險的天才吧。

「好漂亮喔。」在我們爬過那根樹根時，克莉絲指著天空。

「哇——！」我抬頭看去，忍不住發出驚嘆。

視線無法離開眼前的畫面。

太陽變成了橘色，散發著柔和的光芒。

「是很漂亮，但是……感覺好奇怪。」我忍不住吐槽。

「是阿，真的有種詭異的感覺。」諾斯笑了。

「地外人看到我們的太陽，也會覺得它一直高掛在正上方不動是件很奇怪的事情吧。」狄克淡淡的說。

他站立著看著遠方。橘色的陽光灑在他高大的身上，側臉的表情讓人感覺有些落寞。

原來橘色的陽光會帶來這樣的效果嗎？

「我們探險要結束了阿。」不知為何，我突然感嘆。

「是阿，不過等我們再次準備好，我們一定會再來的。」狄克這麼說著。

我們繼續前進，橘色的光芒也逐漸的消失，太陽慢慢的「降落」到了地面之下。取而代之地，世界又變成昨晚地那樣昏暗。

這個世界的運作模式真是詭異。

天空已經完全暗了下來。天空的另外一邊，又升起了昨天晚上看到的那個半圓形發光物體。

「凹嗚——」

遠方傳來了動物的叫聲，我的心頭一驚。雖然視野昏暗，但還是趕緊加快了步伐。

巨大的水流聲從遠處傳入了耳裡，越來越清晰。又走了好一段路，終於到達那充滿精密高科技機械的房間，裡頭有著載著我們來這裡的那顆球體。

「等等，我們有人會操作這個東西嗎？」我問。

所有人都愣住了。

我好像不小心提及了某件很重要，但大家都在無意間忽略的事情。

「諾斯，你會操作嗎？」克莉絲緊張的問。

「我不會阿，這應該是全自動化的吧。」諾斯語氣有些慌張。

「怎麼看都不是吧，我們出發的時候，那個亞特人的長老不是操作了很久嗎？」我大叫。

「我不想要定居在這裡。」克莉絲著急的幾乎要哭了出來。

「大家先不要緊張，我們先來看看這房間裡有什麼機關吧。」狄克出聲制止了我們的慌亂。

我們照著他的指示，開始摸索著這房間內的東西。但由於光線真的太暗了，周圍有什麼實在看不太清楚，只能用雙手摸索著。

我碰到了一塊壓克力板，仔細一看，裡頭有一個像是按鈕的東西。

總覺得這東西在哪裡看過。

先不管那麼多了，總之先按按看吧。

做出這個動作的瞬間，我想起來了。在屋拉諾巨洞的那個小房間裡，我也曾經按下過這樣的按鈕。

瞬間，周圍的儀器發出啟動的聲音，光線漸漸亮起。其他三人愣了一下，接著都轉過頭來看著我。

我尷尬的對他們笑了笑：

「對，好像是我按到開關了。」

「太好了，蕾雅，妳太厲害了。」諾斯表情浮誇的說。
「蕾雅，妳是我的救命恩人。」克莉絲高舉雙手歡呼。
「我都已經準備好要在這裡生活了呢。」狄克冷冷地吐槽，我忍不住笑了出來。
「那接下來呢……」我摸索著眼前的儀器，實在不知道接著該如何操作。只好又多按了幾下那顆按鈕。
「欸，艙門要關上了！」
我聽到諾斯大聲的喊著，轉過頭看向那球體的方向。艙門正緩緩的闔上。
「快快快！」狄克一邊大喊，一邊朝球體的方向狂奔過去。我沒有太多的思考時間，只得跟著奔跑過去。其他三人已經坐進了球體內，艙門就快要關上了。
「蕾雅，快點！」諾斯朝我伸出了手。
「啊——！」
在門完全關上前，我抓到了諾斯的手。他用力一拉，我整個人被拉進了球體裡，倒在他的身上。
「真是好險。」
諾斯鬆了一口氣說。倒是我瞪大著雙眼，此刻的狀態讓我更加緊張了。
「謝、謝謝你……」我趕緊撐起了身子，但由於球體內的空間不大，我動作到了一半便卡住了。
我的臉正好對著諾斯的臉。
「阿，對不起。」他別過了臉，挪動了位置後將我扶起。

「沒關係。」我也別過了臉，心臟好像比剛剛跳的還更快了。
「那個，大家記得綁好安全帶喔。」諾斯用他宏亮的嗓門這麼說。
「你不用講的那麼大聲我也聽的到啦。」
克莉絲笑著說。總覺得她天真無邪的笑容裡帶著種不懷好意。不管是不是我想多了，都讓我感覺臉頰熱了起來。
我趕緊繫上了安全帶。不久後，球體向下墜落，我的意識開始恍惚。
等我再次恢復意識，球體正在緩緩的上升，也像是失去動力一般，逐漸的停止。我們就快要回到了地球內部，回到我們的世界。
——「已到達目的地，地球內部。」
機械女聲出現，上升感停止，周圍傳出了氣體洩壓的聲音。不久後，艙門漸漸的升起，我們從球體內走了出來。
我們真的回到地球內部了嗎？
布滿高科技儀器的房間內似乎沒有人，於是我們逕自走出了房內。
太陽高掛在空中，巨大的出水孔映入眼簾，這才讓我們確定回到了原來的世界。我們推開進入這裡的大門，那兩個亞特人還守在那。
他們先是愣了一下，接著滿臉驚訝的看著我們。

什麼。

「你……你們怎們還在這裡！」

其中一個亞特人激動的說，另一個亞特人緊張的往這間「寺廟」的入口跑去。霎時間我們也不知道發生了什麼，只能愣愣地看著他們行動。另一個亞特人神色緊張的跟看守寺廟門口的人不知道講了什麼。

不久後，長老拄著拐杖出現了。

即使滿臉皺紋，也能看出他埋在那些皺紋底下的訝異情緒。

「長老，我們回來了。」克莉絲大聲的對著他喊。

「喔喔……歡迎各位大人回來。」長老額頭上擠滿了皺紋，驚訝的看著我們。

「你沒教我們怎麼操作那個球體，讓我們差點回不來呢。」克莉絲抱怨。

「喔，我以為……真是不好意思。」長老輕輕咳了咳。

一旁的亞特人投以好奇的眼光看著我們。

克莉絲似乎還想繼續說些什麼，但很快的被長老打斷：

「各位大人，我們到其他地方聊聊吧。」

長老發號司令，要其他的亞特人回到自己的工作崗位。接著，他帶著我們到了另外一間小房間。

「你們……在那個世界看到了什麼？」

他這麼問，而我們不疑有他的分享我們的所見所聞。包括那邊的夜晚是多麼黑暗、那裡的建築物，以及會隨著時間移動的太陽。

還有在路上遇到的白骨。

他睜大著眼睛，直到我們說完才在嘴裡這麼念念有詞著：

「是嗎……都死了阿。」

向長老道了謝之後，我們離開了那間寺廟。一走出來，我就忍不住說出心底的感覺：

「總覺得他們都覺得我們不會回來了。」

沒有人回應我。我看向諾斯，他低著頭不曉得在思考些什麼。

「嗯？」

「啊啊……！反正我們也回來了，這真是一段珍貴的經驗啊。」聽到我的疑問聲，他才回過神來。

「話說……」克莉絲歪著頭說：

「我們居然去過地外世界了，而且居然有那種連接兩個世界的交通工具。那……總不可能只有我們去過吧。為什麼大家都不知道有關地外世界的事情呢？」

我想起我和狄克在即將畢業的那一個月被監控的事情。

「也許真的很少人去過吧。」諾斯說。

「狄克，你覺得呢？」克莉絲轉頭看向狄克。

「阿……我也不知道耶。」狄克低下了頭。

是不是有誰正控制著這些事情，不讓這些事情讓其他人知道呢？

我們又在亞特蘭提城玩了幾天，去了許好多地方，其中還去了當地的一個大瀑布。算是了結了我們畢業旅行沒有去瀑布區的遺憾。

最後一天，我們回到了當時來到亞特蘭提城的廣場，還了租借的小船，搭上了飛機回福瑞斯城。在飛機上我們四個人都睡死了。等我再次醒來，飛機已經盤旋在福瑞斯城的上空。

回到家的感覺真好。我伸了個懶腰，不禁這麼想。往窗外一看，就快到那降落的空地了。在飛行高度逐漸降低之際，我看到廣場上聚集了一小群人。

飛機降落，我們甚至還沒走出飛機，那群人就圍上了出口處。我們感到莫名其妙，同時也帶著點不安。

從那群人之中，走出了一個我們認識的人。是校長。

我們被請到了校長室。

第四章　歷史

①

距離上次誤打誤撞去到地外世界，也不過是三個多月以前的事情。

大約兩個禮拜前，校長通知我們屋拉諾巨洞挖掘工程即將完工的消息。令人意外的是，屋拉諾巨洞其實早已差不多挖通了，跟告示牌上寫的不同。所以實際上重新挖掘跟修復根本不用多少的時間。

而我們四人——我、狄克、諾斯和克莉絲，因為曾有出過地外世界的經驗，因此被任命為第一次正式出外勘查的隊員。

沒得選擇。

三個多月前的那天，一回到福瑞斯城，不過剛下飛機，連休息的時間也沒有。我們就立刻被叫到了校長室。前往校長室的路上，我早已心裡有數。校長為什麼會找我們的答案非常明顯。

關於地外世界。

校長是怎麼知道的？我摸了摸耳後。該不會我們其實還被監聽著吧？

一路上我們彼此間傳遞著不安的眼神，但也不敢多做交談。一走進了校長室，校長便命令其他人離開，關上了門。

直接進入正題。

「你們去了地球的外面，對吧？」

校長坐在他的座位上，語氣嚴肅的問。而我們四個排排站在他的面前，就像是做錯事等著被罵的孩子。

重點是，我完全不知道自己做錯了什麼。

「爺爺，你早就知道有地外世界了嗎？」諾斯的語氣帶著不滿。

「……」

爺爺？

等等。

諾斯剛剛說了什麼？

「你給了我屋拉諾巨洞裡的地圖。畢業旅行結束後，你又監視了發現巨大排水孔的狄克和蕾雅。甚至還主動借給我飛機，幫我申請進入那個什麼寺廟。」諾斯激動的說著。

我在一旁聽的目瞪口呆，腦袋的思緒就快要跟不上諾斯所說的話。

這是什麼意思……？

「等等，諾斯。校長是你的爺爺？」

克莉絲小聲的問，雖然在這個情況下插嘴有些不禮貌，但我也對這件事感到同樣在意。

「喔……對阿，我一直都沒說，」諾斯低下了頭：

「這所高中的校長，就是我的爺爺。」

校長就是諾斯的爺爺……

從來沒有聽說過，簡直莫名其妙。

等等。

難道，這一連串發生的事件並不是巧合，而是校長所刻意的安排嗎？

「我並不是非常了解地外世界的事情。」校長慢條斯理地吐出這一字一句。

「你騙人。」諾斯大吼著，我不曾看過他如此生氣：

「你明明就知道，甚至還不顧自己學生的安危，讓我們涉入了這種危險之中。」

「我沒有騙人，我對於地球外面的事情的確是不太了解。」校長表情嚴肅，語氣溫吞的說：

「而且當初是你很喜歡探險，我才給你這些資訊的，你應該要感謝我。」

校長的態度讓我感到不滿。

「話是這麼說沒錯啦。」沒想到諾斯同意了！

你倒是生氣一下阿！你爺爺可是讓你置身在未知的危險耶！剛剛的氣勢都到哪裡去了？我在內心吐槽著諾斯。

「言歸正傳，你們在地球外面看到了什麼？」校長將話題拉回正軌。

我不自主的吞了口口水，以為能抑制住緊張的情緒，但心跳還是不斷快速的跳著。

「有很特別的黑夜和太陽。還有很多巨大的神木、高樓大廈，不過看起來都已經像廢墟一樣了。」諾斯細細數著。

「什麼？廢墟？」校長似乎對這個字眼特別敏感。

「對阿，那座城市裡面一個人都沒有了。啊！硬要說的話算是有幾具白骨啦。」諾斯說。

「什麼！真的像你說的，地外世界都沒有人了嗎？」校長激動的站了起來。

「不知道，但我們去的那個城市應該是沒有。」諾斯說。

「是嗎……」校長重新坐了下來，雙手擋在他的面前，讓人看不清他的表情。

對談結束。

我們離開了校長室，四人凌亂的腳步聲迴盪在走廊裡。這次並沒有被下封口令或是被裝上竊聽器，與在學校時的處理方式不同，讓我覺得有些奇怪。

「諾斯，你怎麼都不跟我們說校長是你的爺爺。」回家的路上，我質問諾斯。

「我不太想讓別人知道啊，畢竟……你們也懂。」諾斯露出勉強的笑容。

對耶，事情發展得太突然讓我一時忽略了。校長這個職位代代都是傳授給自己的小孩，這代表諾斯以後也很可能是校長。

……等一下。

難道說，歷屆校長都曉得關於地外世界的祕密嗎？

回到家中後，腦袋中的思緒依舊轉個不停，卻又不知道該從何釐清起。一看到房間裡的床鋪，也許是因為回到這裡的安心感，我居然倒頭就睡。

對了，還得向歐蘿阿姨報告已經順利將信送給她的兒子了。我在快要睡著前想到了這件事情。

兩天後，福瑞斯城發布了一件震驚整座城市的消息。

屋拉諾巨洞，要重新開挖了。

而頒布這項命令的，正是校長，也就是諾斯的爺爺。

於是全城的人都得知人類要再度嘗試去地外冒險，整個城市因此鬧得沸沸揚揚的，有好多人自願要去屋拉諾巨洞幫忙挖掘。

三個月不到，我們就收到了消息。巨洞已經修復完畢了。

這三個月以來，我也開始著手於自己想做的事情，那就是研究「歷史」。我拜託諾斯借我那台小飛機，我獨自前往了華和耶圖書館。可惜那裡什麼都沒有留下了，上次畢業旅行的那場大火，把僅存的書籍也都燒成了灰燼。

我嘗試拜託媽媽告訴我有關「歷史」的事情。媽媽卻告訴我她真的什麼都不知道。真是奇怪，我去了幾趟其他圖書館，的確沒有找任任何關於「歷史」的書籍。

歷史，為什麼在我們這顯得如此神祕？

甚至還比地外的世界還要難以觸碰。

最後，我想到了歐蘿阿姨的兒子。他曾經說過，他是一名歷史工作者。

我寄了封信給他，希望能向他請教有關歷史的事情。從這裡到亞特蘭提誠的郵寄異常的昂貴，郵寄的時間也很長，等了將近一個月我終於收到了回信。難怪當初歐蘿阿姨要我幫他送信，便宜又有效率多了。

——「歷史往往是殘酷的。」

我打開了信封，上頭的第一句話用斗大的字體寫著如此寫著。

「這句話是什麼意思……？」

字體並不好看，有些歪歪扭扭的，就像用非慣用手寫出來的一樣。但這畢竟不是亞特人的母語。他配合我使用我看的懂的文字回信，已經讓我很感激了。

「蕾雅小姐，很開心遇到跟我有著同樣興趣的人。對於我們地球內的世界，歷史是異常匱乏的一塊。不只是我們亞特人毫不關心，大多數的福瑞斯人甚至不知道『歷史』這個詞。這絕對是極其弔詭的一件事情。歷史的事情無法請教，尤其是在我們這個缺乏記載的世界中。如果是我一味地告訴妳，那恐怕也只是以我的觀點來看待這些事情，那就失去歷史的意義了。妳應該自己思考，用妳有的線索去拼湊出妳認為的歷史。

另外，聽說你們的城市決定要朝地外的世界探險。我們亞特人與其說是反對，不如說不知道你們為何要做出這些事情。亞特人的頭腦不如你們，在某些情感上頭的表達也異常的薄弱，例如好奇、例如競爭。因此，我在亞特人中應該算是異類吧，即使如此，我所構思的歷史肯定也不會是完全正確的。擁有著好奇心的你們，一定更能解答出歷史的。

我們到底是從何而來，未來又會走向哪裡，需要有你們這些頭腦好的歷史工作者，才有辦法解答。最後，還是給妳一點提示吧。其實我們亞特人，一直都知道有地外的世界。我相信如果妳去過的話，應該會發現些什麼才對。

對了，最後再謝謝妳一次。謝謝妳幫我的媽媽送信給我。如果可以的話，在幫我跟他說一聲，我過得很好，希望她在那裡注意身體健康。」

閱畢，我放下了這封信，對著眼前放空。

這封信有兩個點令我驚訝。

第一個是，亞特人居然早就知道有地外的世界了。不過仔細思考後，發現這才是正常的。畢竟在他們的國家內早有通往地外世界的通道。

第二個是，他居然猜到我們去過地外世界了。

這陣子我天天都看著這封信，思考著上面的一字一句話。不只是他給我的提示，幾乎整篇的文字都是一個謎團。

如果亞特人都知道有地外的世界，那為什麼在這個幾乎每戶人家都有亞特人傭人的福瑞斯城，會不知道這件事情？還是其實我們只是不相信他們的話而已，畢竟在我們的眼裡，亞特人的頭腦就是不如我們。

為何我們沒有歷史，反而是亞特人擁有歷史呢？難道說歷史是個相對不重要的東西嗎？

我在地外的世界發現了什麼？除了那感覺曾經是高科技城鎮的遺跡之外，充其量還有幾具白骨，不然就只剩下和我們這裡不同的黑夜跟太陽而已。

經過了好幾天的苦思，思索著一切的可能以及關聯性。包括我們去屋拉諾巨洞發生的事情，在畢業旅行看到的巨大排水孔，被校長下了封口令，還有在地外世界的所見所聞。

總覺得有個脈絡在這些其中，但腦袋的思緒卻盤根錯節，像是毛線球打結了一般，讓我無法好好的釐清所有的事情。我從來沒有如此認真的思考過。一直以來我都以為自己是個邏輯清晰的人了，但沒有目標的探索卻讓我混亂了起來。

直到了有一天，就像在混亂的黑暗中，降下了一條發亮的繩索。

——「時間」。

在某天被屋子外頭的抗議聲吵醒時，我看了下手錶。才早上五點多。我無奈地倒頭想要繼續睡去，但翻來覆去卻怎麼樣也睡不著。我又開始胡思亂想了起來，突然回憶起了那天。

那天，我們在地外世界，我被照射進房間裡的陽光給亮醒。

「堅決反對探索地外世界！」

外頭的抗議聲持續著。自從重新開挖屋拉諾巨洞後，有一派的反對人士。自此之後偶爾會在街上聽到這樣的抗議聲浪。

我關上了窗戶，摀上了耳朵。希望能隔絕一切的干擾。

我看著透過窗簾的縫隙流瀉進房間的點點星光，感受著自己的腦袋正高速的運轉。

我曾經思考過，為什麼一天是二十四小時。為什麼白天是白天、夜晚是夜晚。

這一切看起來毫無邏輯。

但是，如果套用在地外世界的話，一切就合乎常理了。

雖然不太確定，但在外頭太陽升起的輪迴，差不多就是二十四小時，也就是一天。到了晚上五點多，太陽就會消失在天空中。早上的時候……

我思考，頭腦發燙著，但我的身體卻不自主的顫抖了起來。

我們在地外世界看到的門牌，跟我們使用的是一樣的文字……

如果屋拉諾巨洞並不是我們建造去探索地外世界，而是為了要從地外世界來到這裡……

難道……

我們原先都生活在地外的世界？

②

我、諾斯、狄克和克莉絲四人站在屋拉諾巨洞旁臨時搭建的舞台上。台下聚集滿滿的人潮，我從來沒有看過這麼多的人聚集在一起。我們的村莊居然有這麼多的人嗎？

寫著「首次地外世界勘查」的紅布條掛在後方上頭，這場始業典禮舉辦的異常隆重浩大。

今天出門前，爸爸、媽媽以及歐蘿阿姨都不斷再三關心我，並提醒我注意許多事情。在他們的眼中，這可能只是一次特別的長途探險吧。

但我知道，這也許是場超乎想像的危險勘查。

「那麼，為我們第一次出外探險的四位探險者大聲歡呼。」

校長對著麥克風高呼，台下有傳來了轟動的聲響，震動著我的耳膜，不安的心情也隨之鼓動著。

「沒看過校長那麼有精神呢。」克莉絲笑著說。

「畢竟這是他一手促成的計畫，他應該期待這一天很久了吧。」諾斯苦笑。

這陣子我思考了很多，諾斯的爺爺——也就是校長，似乎是福瑞斯城裡少數擁有如此大權利的人。平時除了父母，有權管理我們的基本上也只有老師。而管理著老師們的校長，他的權勢可想而知。在不知不覺中被操控了這麼多的事情，而我卻都渾然不覺，直到最近才依稀感到有些奇怪。校長這個職位會是代代相傳的，總覺得其中有隱藏了許多祕密。而且到了這種時刻，居然能運用他的影響力造就出如此的排場。

「那麼，四位，我們這邊請。」一旁的工作人員指引我們走下舞台。

差不多到了要出發的時間了。

「啊……」

在走下台之際，我的頭被什麼東西給砸到了。

低頭一看，是一團紙團。我往一邊看去，是巨洞教的人，也是這次反對出外探查聲浪最大的團體。

我的視線用重新聚焦於地上那紙團，它靜靜地躺在那，像是在進行無聲的抗議。我想那是上頭寫著抗議標語的海報吧。

「請各位不要介意，我們繼續走吧。」

帶領我們的人絲毫不畏懼抗議的聲浪，只顧繼續帶領著我們走向屋拉諾巨洞。

我在內心暗自的希望，希望他們抗議能成功。

我不想到地外的世界。

如果我們原本都是從地外的世界來的，那為什麼我們要來到地底？是因為這裡比較適合居住嗎？

唯一看過的地外世界城市，是一座廢墟。

是城市的殘骸。

以及白骨——人類的殘骸。

地外世界肯定是發生了什麼事情，也許是有什麼天敵，讓那裡不適合居住。

換句話說，地外的世界也許充滿了威脅。

我將腦裡全部的推測告訴了其他三個人。包括我們原先可能都是地外人，以及外面的世界可能充滿了危險。他們聽了後雖半信半疑，但也都覺得有些道理。況且知道了可能的危險性，就不該如此貿然的前往才對。我們甚至連具體一點的計畫也沒有。

但我們無法反抗校長，明明已經畢業了，卻還是要受到校長的控制，總覺得有哪裡不對勁。

只能設法保護自己的安全了。

「來，這是通訊裝置，雖然那麼遙遠的距離無法傳遞影像，但聲音還是可以的。」我們一人拿到了一顆小接收裝置，別在了衣服上。

「真是高興，這一天終於要來了。」

校長從後頭出現，接著帶領我們走進屋拉諾巨洞內。外頭的歡呼聲高漲，大家都從轉播的大螢幕上看到了這一幕吧。

「還記得我們不久前也來過這裡呢。」克莉絲笑著說。

「對啊，那時候狄克還嚇到發抖呢。」諾斯調侃著狄克。

「才沒有到發抖那麼誇張咧。」狄克反擊。

我們不斷的往下走，走過了先前開放觀光的區域。分隔觀光區的欄杆已經被拆除，禁止進入的牌子也被擱置在一旁。繼續向下走，走過了那間充滿高科技設備的小房間，再往前走，先前坍方的地板現在已經用木橋連接了起來。

不久後，我們來到了一間小房間。那裡頭有著一顆圓球體，裡頭有著座位。跟在亞特蘭提城我們乘坐的那個球體樣子一模一樣。

聽說這些設備早就已經在這裡了，這次只是進行了一些簡單的修復罷了。

「祝各位一路順風。」校長笑著說。

我們輪流坐上了球體內的座位，幫忙拿行李的人將行李放了進來。校長站在球體的旁邊，看著我們：

「希望各位一切順利，能為我們地下人探勘未知的世界。」

說完，他走到了那些儀器旁，按下了按鈕。

「校長，為什麼我們一定要去探勘的地外世界呢？」我忍不住問。這問題有違我好奇的性格，但生命安全還是比滿足好奇心重要。

「為什麼呢……」校長思索了一陣後，看著我堅定的說：

「這也許是我們這一代人的使命吧。」

使命？

總覺得這個字套在我們身上太過沉重。

球體的門慢慢的關上，浮躁的心情也變本加厲的更加嚴重。心跳加速、全身冒出了冷汗，我試著深呼吸，卻還是沒辦法抑止這樣的情緒。明明上次乘坐球體時是更加的未知。看來一知半解比全然的未知還更要可怕。

等會兒醒來後，我會到達怎樣的城市？會像上次一樣是座廢墟，還是會到一個什麼都沒有的世界？

球體開始落下，過了不久後，我……

這次沒有睡著！

「奇怪？這次怎麼沒有睡著？」諾斯大喊。

「對耶……」狄克也緊張的附和。

「速度越來越快了！」克莉絲大叫，我開始覺得不太妙了。

速度越來越快，越來越快，這種失重的感覺讓人害怕。突然間，我感覺到球體開始緩緩的旋轉。

「好可怕喔。」我大叫，我覺得我快要吐出來了。

「蕾雅，妳沒事吧？」狄克牽起了我的手，關心著我。

「哈哈哈哈，好刺激喔。」諾斯倒是笑的很開心。

這次是貼心的狄克贏了喔，諾斯。我在心中暗暗記仇。

球體持續著旋轉，已經成了面部朝下了，簡直像在坐雲霄飛車一樣。好想要就這麼睡著算了啊啊啊啊！

突然，一瞬間，重力的方向好像改變了，感覺正在上升。

那感覺真的很奇怪。

速度似乎正在減慢。

「嗚呼——！」諾斯真的叫的很開心，他可能把這當作遊樂器材玩了。

克莉絲一直都沒有講話，我看向她，才發現她已經暈了過去。我不禁羨慕起她來。

球體持續的旋轉，不知不覺間已經上下轉了一百八十度。因為重力方向改變的關係，現在的感覺變成不停的向上升了。

「等等我們會看到怎樣的世界啊？」我不安的問。

「不知道，總之我們要小心一點。」諾斯的語氣恢復了正常。希望不是因為速度減慢了，讓球體搭乘起來變得不像遊樂設施了。

「怎樣的世界啊……」狄克也在嘴裡念念有詞。
「啊！要到了嗎！」克莉絲不知在什麼時候醒了過來。
「妳不用被催眠也睡得很好呢。」諾斯笑著說。
速度越來越緩，直到完全停止為止。周圍傳出了洩壓的聲音。
艙門漸漸的開啟了。
從縫隙中，我似乎看到了球體外頭有人影。門完全開啟後，我確定了那不只是人影。球體的外頭，圍著一圈人群。
一群身材高大的人。
「不准動，手舉起來。」其中一個人朝著我們大喊。
他們每個人都比著個「七」的手勢，用著食指對著我們。
不知道發生什麼事情的我們，沒有疑惑的餘地，乖乖地把雙手舉高。
「很好，敢亂動的話就馬上殺死你們。」
其中一個人用著威嚇的語氣說道。

③

我被銬上了手銬，雙眼被蒙上。只能依照著他們的指示在黑暗中走著。

「繼續走！」

我的腦袋瓜被手指頭抵著。我不知道那究竟可以做什麼，但我感受到了最根本的恐懼。他們到底是誰？地外人嗎？沒想到我們居然真的遇到了這種事情。

隨時有可能會死。我的潛意識時時刻刻這樣提醒著自己。

一定得先乖乖配合著他們。

我就這樣子不停的走著。失去了視線，取而代之的是打從心底產生的不安及恐懼。我被帶到哪裡了？只有我一個人嗎？其他人呢？

「諾斯……」我情不自禁的叫出了聲音。

「有准妳講話嗎？」抵在我頭邊的手指頭挪開了。

「啊啊——！」

取而代之的是右腳感受到劇烈的疼痛。我忍不住叫了出來，感覺像是有什麼東西射過了我的小腿。

我重心不穩，倒了下去。

「蕾雅，妳怎麼了？還好嗎？」我聽到了諾斯的聲音，接著傳來了他的慘叫聲。

這是怎麼回事？

到底是什麼情況？

「你們不要太過分了。」是狄克的聲音。

我聽到手銬掉落的聲音。

「什麼……？」

對方似乎彼此間窸窸窣窣了起來，但我比他們還更加疑惑。

現在到底又發生了什麼事情？

「我們地下人也是有超能力的，快放開我們。」

又是狄克的聲音。他在說些什麼啊？我們也有超能力？那是什麼意思？

「你們有能力……？」是對方疑惑的聲音。

「沒錯！我們也有能力！」狄克鏗鏘有力地說著。

這到底是怎麼回事？

「你……你們有能力又怎麼樣，我們這邊可是有人數的優勢。」對方不甘示弱的回擊。

「那個……」總覺得我該說些什麼，讓我們在這個場面下可以脫困：

「……我們沒有惡意，只是想找你們談談。」

「談？要談什麼？」對方問。我看不到，只知道聲音在我的後方。

「讓……讓我們找你們的負責人談談。」我儘量讓自己的語氣平穩，但還是忍不住顫抖。

「不用妳說，現在就是要帶你們去找我們的老大。」對方的語氣聽起來無比的狂妄：

「別忘了這裡是我們的地盤，我們有人數優勢，你們照著我們說的話做就對了！」

我重新站了起來，但右腳傳來一陣劇烈疼痛，讓我又差點倒了下去。

「妳搞什麼！」對方怒斥。

我咬緊了牙，勉強自己無視那股疼痛，一拐一拐的向前繼續走。我可不想左腳也遭受到一樣的痛楚。

這到底是怎麼回事？對方剛剛用了超能力，所以我們也要假裝我們有能力來嚇唬他們嗎？為什麼狄克知道他們使用了超能力？

我的思緒還沒有得到解答，我們就被帶到了一間房間內。

蒙著眼睛的布被拿掉了。

「……」

在我們的面前坐著一個人，他的身材異常的魁梧，即使坐著也遮掩不了他的高大。看起來似乎有些年紀，以我們的眼光來看大概五、六十歲，但卻有著讓人不禁敬畏的容貌。他正笑著，那笑容令人不寒而慄：

「請坐吧，剛剛我的小弟們對你們無理了，真是不好意思。」

他伸手指著在他面前的椅子。他胸口的「十」字項鍊正閃爍著光芒，那跟先前克莉絲在亞特蘭提城買的款式很像。

原來那也是地外世界的產物嗎？

我觀察著周遭，房間的牆壁像是用石磚簡易搭建的。房間內大約有七、八個地外人，每一個人的身高都超過了兩米。他們連椅子都比我們的還要高，看起來是為了符合他們的身高。

這城市似乎跟我們上次去的地外世界不太一樣。這裡的建築很樸素，甚至比我們地下世界的還要簡陋，完全沒有上次看到的那種科技感。

我們照著他的指示，在椅子上坐了下來。坐下時我的右腿又感到一陣疼痛。可是我看了看，卻也沒有發現明顯的外傷。

其中一名地外人走到了他們老大的身邊，兩人交頭接耳了一番。

「喔？恩……原來是這個樣子啊……」他看著我們，笑著點了點頭。

我看了看坐在我身邊的同伴，除了坐在我身旁克莉絲一臉害怕的樣子，諾斯和狄克都一副從容不迫的樣子。雖然知道他們只是在裝腔作勢，但在這種時候還能保持這樣的冷靜，讓我對不禁感到敬佩，也稍微滋生出了一些安心的感覺。

「所以說，你們也學會了超能力是吧。」那名老大看著我們，冷笑著說。

我吞了口口水，轉過頭偷偷看著諾斯和狄克的反應。

「真是不好意思，劈頭就這麼問，我還沒有跟各位客人自我介紹呢。」他輕咳了幾聲，繼續說：「這是第一次有客人上門，我還不太習慣呢。你們好，我叫比特，是這邊的負責人。」

「諾斯。」「狄克。」他們倆依序報上了自己的名字。

「我叫蕾雅。」我說，並輕輕推了一下坐在我身旁的克莉絲。

「我是克莉絲……」她緊張的說。

「你們好、你們好，第一次有客人上門，我真的是非常的開心呢。來，喝茶吧。我不知道你們那邊是怎麼樣，但這個茶葉在這邊可是很稀有的東西呢。」他一邊說著，一邊將茶倒進了茶杯裡。

「謝謝你。」諾斯拿起了茶杯，我還來不及阻止他，他就一口喝下。

「那麼，你們來我們地面上，是有什麼事情嗎？」

對方也喝了一口茶，看來這個茶應該是沒什麼問題。

「我們只是來勘查的。」諾斯說。

「勘查？」

「是的，我們地下人很好奇地面上的情況，所以派我們上來調查一下。」諾斯有條有理的說著。

「哈哈哈！」對方突然笑了起來。不只是他們的老大，周遭的地外人也全都笑成了一團。

我感到一陣錯愕。

「不好意思、不好意思，忍不住就笑了出來，真是失態了。」他輕輕咳了幾聲：

「那怎麼樣呢？跟你們想像的一樣嗎？」

「這該怎麼說呢……」諾斯低下了頭，似乎是在斟酌自己的用字：

「我們不知道地外的世界還有人。」

對方一愣，接著又是一陣哄堂大笑。

「那麼，你們來地外世界勘查的目的是什麼呢？」他看著我們，眼神裡的光芒深不可測。

目的？我們上來的目的是什麼？

不就是因為好奇心，想看看自己以外的世界嗎？

一時之間，我什麼也答不上來，我偷偷看了一眼諾斯和狄克，他們也愣著什麼也沒說。

「該不會是想來攻略的吧？」他收起笑，眼神裡閃出一股光芒。

「不、不、不，我們怎麼會這樣想。」諾斯急忙否定。

攻略？為什麼會這麼想呢？

「那就希望是這樣囉。」他伸手拿了茶杯，又喝了一口，重新露出了笑容：

「對了，聽說你們也有超能力了啊，應該不是騙人的吧。」

我的心跳不斷的加速。

他們口中的超能力到底是什麼？

「是真的。」狄克斬金截鐵的說。

「證明一下如何？」對方伸出了一隻手，示意我們展現能力。

我緊張的看著狄克，他似乎在猶豫些什麼。狄克轉過頭來看向我，我們恰好對到了眼。他似乎是下定了什麼決心，伸出了一隻手。

突然間，在他面前的茶杯憑空漂浮了起來。

我的視線隨著茶杯升高。

「啪啷——！」

茶杯突然在離桌子十幾公分的地方碎裂爆開來。液體以及茶杯的碎片灑落在了桌子上。

我看傻了，但還是裝出鎮定的樣子。

「真是的，這是我最喜歡的茶杯呢。」對方看著狄克，淺淺的笑著。

「真是不好意思。」狄克說。

「應該不是只有你有能力吧。」對方的視線正掃視著我們。

「不，整個地下世界的人幾乎都會使用能力。」狄克語氣堅定地說。

我有好多問題想要問他，但現在不是時候。

「很好，既然你們只是上來探勘的，我們就不是敵人，讓我們好好招待你們吧。」對方的語氣突然高昂了起來：

「來人啊，今天晚上要準備豐盛的佳餚。」

「是。」一旁的地外人整齊劃一的回應。

「另外，幫這幾位客人準備個舒適的地方休息吧。」他說完這句話，便起身離開了這間房間。

「各位跟我走吧。」一名地外人對著我們說。我忍著小腿的刺痛感，站起了身子。

在我重心不穩，差點摔倒之際，諾斯及時扶住了我：

「妳沒事吧？」

「恩，沒事。謝謝。」

我這時才想起，諾斯剛剛似乎也被攻擊了才對。他全身冒著冷汗，除了緊張，我想他也正強忍著那股疼痛吧。

我們被帶到了一間房間，那裡有床有廁所，看起來也蠻明亮的，就像是一間普通的客房。而我們的行李早已就被放在了那裡。

「你們就在裡面好好休息吧。」那人說完話就離開了。
我將頭伸出了窗外，似乎沒發現有人在監視我們。
「狄克，那是怎麼回事？」克莉絲神色緊張地問了狄克，我趕緊比了一個要她小聲一點的手勢。
「等等。」狄克說著，將他身上的通訊器拿了下來：
「先把這個拿下來吧。」狄克用著唇語對我們說。
我們照著他的指示把通訊器拿了下來。他把那些通訊器放在了地上，一腳踩碎。
「雖然應該已經來不及了，剛剛發生的事情福瑞斯城的人應該都知道了。」狄克咬牙說。
是阿，發生這樣的事情肯定會造成恐慌，不過那個校長應該不會把這些事情轉播給所有的人知道。
「所以，狄克。」我看著狄克，指著他的手問：
「這到底是怎麼回事？」
「其實我……我一直都在努力練習超能力，大家小時候不都有這種幻想嗎？」狄克說，嘴角勉強的勾出了微笑。
「真的假的……」這種時後我居然還有點想笑。
但看他的表情就知道不是這麼回事。
狄克看著自己的手，嘆了一口氣。
「……其實我一直有事情瞞著你們。」狄克說，而我們其他人都等著他接下來要說什麼。
屏息以待。

狄克看著我們，又嘆了一口氣。似乎有些不想把話繼續說下去。

「你說吧，狄克。」克莉絲握住了狄克的手。

狄克看著克莉絲，眼眶內似乎有淚水正在打轉。

「我……一直都有超能力。」狄克困窘的笑了：

「其實我是地外人。」

④

「蛤？你是地外人？怎麼可……」

我話還沒說完，就發現狄克的表情不像是開玩笑。他高大的身軀……跟剛剛看到的那些人似乎相去不遠。

空氣中僅存的寧靜幾乎讓我耳鳴，內心一團混亂。我試圖在迷途的思緒中找到出口，卻無法連接上，最後還是重複只吐出這句話：

「你是……地外人？」

「嗯……」

「你怎麼可能是地外人啊？到底是什麼意思？」克莉絲語氣著急地問。

「……等一下，給我點時間，我會好好解釋的。」

狄克深吸了口氣，低下了頭，似乎刻意地在迴避我們的視線。我看著他的樣子，背脊冒出了冷汗。

「抱歉之前一直瞞著你們這件事情……」

狄克下定決心似的重新開口，他沒有抬起頭。語氣顫抖，似乎努力地斟酌著字句：

「……我從小就出生在地內的世界，我的爸爸媽媽也是。但……他們也同樣是地外人。」

沒有人接話，大家只是默默地看著他。沉默的時間實在太久。直到狄克緩緩地抬起了頭，那是個充滿矛盾及哀戚的眼神。他將無數難以用言語表達的情感都化作一口長氣嘆了出來：

「看來……有些事情不得不跟你們說了，有關於過去的『歷史』……」

我的心頭一驚，他在說到「歷史」兩個字時看了我一眼，很快地撇開視線。

空氣又再一次地陷入了寂靜，我不由得感到焦躁難耐。斗大的汗水從狄克地額頭滑落，我們等待著他再次開口。他的表情扭曲，握緊的雙手浮出了青筋。

終於，他重新抬起頭。額頭上的汗水隨之滴落：

「距今大約兩千年前，地上和地下的世界發生了一場大戰……」

接下來，狄克說出了我們這輩子都不曾想像過的事情。

兩千年前。

兩千年前，世界爆發了一場戰爭。這裡說的世界，是包括地內地外，整個地球之間的戰爭。說是戰爭也許有點不精確，因為戰況完全可以說是一面倒的情況。說是侵略嗎？那倒也不對。應該只能說是自我防衛吧。

當時地下世界的屋拉諾巨洞幾乎已經建造完成，而地外人很早就發現了這件事情，畢竟他們擁有特殊的能力。知曉了被入侵的威脅，最後地外人決定主動出擊。起初只是希望和平的溝通，但地下人還是堅持要到地上的世界，雙方僵持不下。

最終談判破裂了。

地外人大舉往地下進攻。

當時雙方的戰力有著懸殊的差距，地外人擁有超能力，而地下人完全手無寸鐵。那場戰爭根本就是單分面的屠殺，但地外人並沒有因此大開殺戒。他們給了一天的時間，要求地下人趕快投降。

別無選擇的地下人也只得照做。

為了防止地下人還有再到地外世界的念頭，他們將屋拉諾巨洞給破壞掉。也把當時唯一的圖書館，也就是華和耶圖書館給放火燒了。他們甚至派人監視著地下人，要他們不准將這場屠殺，以及有地外人的事情與後代傳遞。從那之後，所有的記載都被銷毀了，人民都被規定不能談及有關過去的事情。

「歷史」從那時候開始，在地下世界消失了。

「而我們就是那時候留下來負責監視的地外人後代。」狄克最後這麼說到。

「這些我也都是從我父母那邊聽來的。其實有些也記不太得了……」

我啞口無言，感覺像是聽了一場精采的故事。那是離我們好遠好遠世界，但故事內又有很多事情與我的所處的世界不謀而合。

完全不知道該從哪裡開始理解起。

「這些事情原本是絕對不能跟地下人說的，我犯了大忌……」狄克在嘴裡喃喃道。

我看著狄克，他那高大的身軀正微微地顫抖，姿態彆扭的扭曲著。我突然想到，他的身高會比一般的人高，原來是因為有地外人的血統。

屋拉諾巨洞並不是停止挖掘，而是被地外人給破壞掉了。華和耶圖書館並不是無故失火的。福瑞斯城會沒有「歷史」，就是被地外人給消滅掉的。

「原來你是地外人……」克莉絲在嘴裡低咕。

「這太誇張了吧……」諾斯勉強擠出笑容，「沒關係啦，我們還是好朋友對吧。」

狄克沒有回覆，我想他的心情應該比我們還要複雜吧。深埋藏在心底這麼久的祕密，如今居然是在這種情況下向我們坦承，簡直是最壞的時機點。

但要不是有這種時間，我們可能一輩子也不會知道。

雖然現在問這個似乎有些不合時宜，但我突然感到疑惑：

「那你們家的人，都是『純種』的地外人嗎？」

「嗯……我們有嚴格的規定不能與地下人……生小孩。」

「可是……不是說近親生下的小孩有很高的機率會畸形或是其他疾病嗎？這樣你們……」

「關於這點，可以用超能力進行防範。」

「居然連這種事情也做得到……那如果是跟地下人生下的混血兒，還會有能力嗎？」

「雖然那是絕對被禁止的事情，但我聽說會有。不過就算真的發生了那種事情，那名小孩跟地下人……都會被殺死。」

狄克說到「殺死」兩字時，聲音小到幾乎聽不見了。這兩個字從他的口中說出後，場面又安靜了下來。大家都在整理及沉澱自己的思緒吧。

「……也就是說，你從小就接受你是地外人的教育嗎？」我重新開口。

「……是的，這是我們家族必須盡到的義務。我得知道過去的歷史，也得知道為什麼我會有特殊的能力。從小我就得學會好好的控制它。」狄克依舊垂喪著頭，不敢多看我們一眼。

「既然你全部都知道，為什麼還要帶著我們上來呢？」我有些激動的問。

「我也想親眼看看啊。」狄克深呼了一口氣：

「我也想看看自己的家鄉是什麼樣子啊。」

「可是你卻讓我們置身於這樣的危險之中。」

明明很同情狄克的際遇，但這句話還是從我口中噴出。

「可是我們上次來到地外世界，看到的是一片廢墟。」狄克也跟扯高了喉嚨：

「況且我們家族已經跟地外世界斷聯大約一千年了。起初我們還會回報地下世界的狀況，現在已經沒有任何人會跟我們聯繫了。我們也都認為地外世界應該是發生了什麼事情。」

「如果我們是朋友的話，這些事情你就不該現在才講。」

「好了啦，你們都不要再吵了！」克莉絲突然大喊。原本空氣中的不平衡瞬間崩塌。

我跟狄克愣了愣，而諾斯則是朝窗外看去，可能是怕那麼大的聲音會引來關注：

「你們先冷靜一下。」

我低下頭，視線看向地板。再慢慢的上升，目光看到了狄克。

「對不起，我太激動了。」我說。

「恩……不會，我才是。」狄克依舊沒有看向我們。

我頓時覺得剛剛失去理智的自己很糟糕。狄克會不得不讓這些祕密曝光，也是為了在剛剛保護我們。

那些畢竟是已經瞞了兩千年以上的事情。

諾斯跑到了窗邊確認，似乎並沒有引起什麼注意。

好不容易稍微恢復了冷靜，我開始重新整理起思緒。拼湊起最近一件件的事情，想起了畢業旅行那時的情景，一陣毛骨悚然油然而生。

「所以我們當時去華和耶圖書館，是你把那本『歷史』的書燒掉的嗎？不對……該不會連同裡面的爆炸，也是你做的？」

我看著狄克。至今想到那邊突然自己燃燒起來的書，我還是餘悸猶存。

「……是的，真的很對不起。」他將頭埋到了我們看不見得陰影裡。

我突然又想起了一件更為重要的事情。那一瞬間，我感覺全身像洩了氣般無力，幾乎能聽到自己不受控制的心跳聲。感覺有些頭暈目眩。

狄克他……

「你的能力那麼厲害喔！」諾斯突然興奮的說，「不只能讓東西浮起來，還能粉碎，甚至還可以點火產生爆炸？」

「是啊，但我多希望自己沒有這樣的能力。」狄克看著自己的雙手。

克莉絲突然朝狄克抱了上去，她已經哭了出來：

「我都不知道你背負著那麼大的壓力。」

「我才是。明明知道可能有危險。還是一廂情願地想要上來。」狄克垂下了眼。

我看著狄克，搖了搖頭。應該不可能才對。

我開不了口。

「不對啊。如果依照蕾雅的推測，我們如果都是從地上來的話。」諾斯停頓了一下：

「那為什麼我們沒有能力啊？」

「……自從聽到蕾雅的推測過後，我也思考過這個問題。可能地下人是比我們更早之前到地下世界的吧，在還沒發展出能力之前。當然啦，這些都是我的推測。」

「恩，也許我的推測根本是錯的」我說。

我已經搞不清楚這一切了，腦中的資訊一團亂。但至少，狄克說的話是比較有證據的。

他有超能力。

他是地外人。

但他說的話都是對的嗎？抑或，他得到的資訊都是正確的嗎？

這時，門突然被打開了。我的心頭一驚，該不會我們的對話都被發現了吧？是從什麼時候開始被聽到的呢？我表情僵硬地看著走進門口的地外人，不敢輕舉妄動。

「欸，地下人，可以準備來吃飯了。」沒想到他只是說了這麼一句。

「走吧。」諾斯對我們說。

鬆了口氣，但我依舊帶著諸多困惑的情緒離開了房間。

⑤

眼前的美食令我不敢相信自己的眼睛，各式各樣看過或沒看過的佳餚陳列在眼前。地外人幫我們準備了一頓豐厚的晚餐，但我幾乎沒辦法放任何心思在眼前的食物上。

太奇怪了，總覺得一切都像是在演戲一般。

明明一開始那麼粗暴的對待我們，但現在卻又盛情款待。這到底是怎麼回事？我偷偷看了狄克一眼。

難道是因為對方相信了我們有超能力的關係嗎？

許多地外人在這間大飯廳裡，這讓我覺得我們四個人完全格格不入，就像誤入虎穴的小貓咪一般。他們開心的交談，拿著盤子裝著食物。而我們縮著身子，不知道該如何是好。

這樣的場景實在有些可笑。

「啊——！」

思緒飄渺到太遙遠的地方，一不留神，手中的餐盤滑落了。我試圖伸手接住，但它還是摔落到了地上，碎成了許多碎片。

「妳沒事吧？」狄克在一旁關心我。

「咦？怎麼了？」一名地下人經過了我，發出了疑問：

「來不及用能力接住嗎？」

「啊……」我的心跳一瞬間變得好快。

怎麼辦？怎麼辦？

要怎麼樣才可以瞞過去呢？

我的動作像是被暫停了一般。想要蹲下去撿也不是，不撿也不是，只能尷尬的看著問我問題的那個地外人。

「那個……」我得說些什麼。

我得說些什蒙混過去才行。

「我們地下人平時是不使用能力的，除非遇到緊急的情況。」狄克在一旁幫我解圍，「不好意思，我們會清掃乾淨的。」

那名地外人笑了出來：

「你們不要那麼緊張啦，誰會為了接住盤子使用能力啊。」

他笑著離開我們面前。看著他走遠後，我們才終於鬆了一口氣。

「謝謝你，狄克。」我感覺心跳絲毫沒有慢下來。

「不客氣。」他蹲下撿拾著那些碎片。

我也跟著蹲了下去：

「他們……是不是在懷疑我們？」

「我也不知道。」狄克說，「但我們可能要在多注意一點，盡可能不要露出任何馬腳。」

「好……」我看著那名已經走遠的地外人，他正在跟另外一個地外人交頭接耳，似乎還看了我們這邊一眼。

一定是露餡了。

我無法停止這種想法。

擔心以及緊張的情緒讓我吃不下任何東西。大廳內的氣氛歡騰，大家熱熱鬧鬧地用著餐，而我卻一個人窩在牆角。過度分泌的腎上腺素讓我無法好好休息，但過於緊張的情緒又無法讓我多做思考。

我想我們四個都是差不多的心情。

晚飯時間結束後，我們又被帶回到了那間房間。

「你們好好休息吧，明天再帶你去參觀我們的城市。」對方丟下了這句話，房門被關上。

「碰——！」

關門聲迴盪著，空蕩蕩的。

我看著我們帶來的那一大堆行李。

我們原本打算來探勘多少天呢？那現在呢？儘管當初就有心理準備，但卻也沒想過會遇到這樣子的情況吧。

「我們趕快回去吧。」腦中的想法像是滿了出來，不小心從嘴邊洩出。

「什麼？」諾斯說。

「我說，我們趕緊回去吧。」我像是下定了決心，堅定地說。

「為……為什麼那麼突然？我們什麼都還沒有搞清楚耶。」他對我突然的提議感到訝異。

「現在這種情況，我們還想搞清楚什麼？」我壓低了聲音說：

「應該說，現在的情況應該再明顯不過了吧？我們得趕緊回去報告才對。」

「問題是我們現在要怎麼走？他們會讓我們那麼輕易地回去嗎？」狄克問。

「我不知道。」我停頓了一下，決定還是說出我心中的想法，「只是我覺得我們不逃跑的話，我們就真的再也回不去了。」

「哪有那麼誇張啦。」諾斯苦笑。

「我是認真的，諾斯。」雖然我也不知道為什麼我會這樣想，但心底的深處就是有這種感覺，

「不過也許已經來不及了。」我低聲呢喃。

「我也覺得應該要趕快回去。」克莉絲贊同我的想法。

「好吧，就算我們要回去。可是這樣不會因此激怒地外人嗎？不會覺得我們不服從他們嗎？」狄克語氣擔心的說。

「……」

氣氛突然沉了下來，我們其他三人看著他，不發一語。直到諾斯重新開口：

「我們……為什麼要服從他們？」

⑥

最終我們達成共識，決定在今天晚上提前離開。

等到深夜時，我們開始實行計畫。房間外頭似乎沒有人在監視著，這讓我們得以行動。輕輕轉動了門把，居然也沒有上鎖。

「他們怎麼會這麼信任我們啊？」諾斯輕輕地推開了門。

「希望是如此。」我說。

難道他們有絕對的自信，不會讓我們跑走嗎？這股不安的念頭在我的心底浮起。

我們只帶了些重要的隨身物品，畢竟太大的行李不利於行動。出了房間，我們四處查看，警戒著任何風吹草動。奇怪的是，走廊上也沒見到任何人影。

「那我們現在要怎麼走？我們搭來的球體在哪？」克莉絲天真地問。

這問題似乎不該在這個時才提出吧！我還以為大家有一樣的想法及共識呢。

「我們來的時候沒有走很久，也沒有走任何樓梯，應該就在附近吧。」

我試圖分析。當然無法辦法百分之百確定。畢竟我們來的時候被蒙著眼睛，資訊有限。

我們躡手躡腳地步出建築物，就連大門都沒有任何的防備。我不禁覺得情況越來越覺得弔詭了。

一走出戶外，全然的黑夜還是讓我再次震懾。這才想起地外世界的晚上是沒有太陽的，尚未習慣的景色依舊令人感到奇妙。

「你們看。」克莉絲指向天空。

我順著她指的方向看了過去，看到了更為吃驚的一幕。上次看到夜晚掛在天上的東西本來是半圓型的，這次居然變成了一個完整的圓。

「這跟我們上次看到的，是一樣的東西嗎？」我問。

「還是從不同的角度看，它會有不一樣的形狀？」狄克說，雖然覺得哪裡怪怪的，但現在也沒有時間去深究了。

建築物外頭出乎意料的荒蕪，四處只有些零星的樹木。雖然早有發覺，但這裡跟上次看到的高科技城鎮真的完全不一樣。

明明同樣都是地外世界。

「原來這裡不是城鎮嗎？」

我轉頭看了我們剛剛走出的建築物，它突兀地佇立在這片土地之中。霎時間，我注意到有扇窗戶突然透出了光芒，接著，更多的房間也亮了。

三間。

四間。

五間。

漸漸地的，整間屋子變的燈火通明。

「被發現了！」我大喊，「快跑！」

我加快腳步想要遠離那間屋子，天曉得我跑的方向是不是正確的，但我知道現在被抓回去就完蛋了。

「還是我們跟他們說我們只是出來散散步，看看風景的。」克莉絲跑在我的後頭說。

「怎麼可能。」我大聲的吐槽。

我回過頭，赫然發現狄克還站在原地。

「狄克，趕快跑啊。」

我對著他大喊，然而他還是佇立在原地一動也不動。啊！一瞬間我懷疑起自己的眼睛，但在狄克的身後，的確有人正飛在空中，以超快的速度朝著我們前進。

連飛行都可以做到嗎！

「狄克！後面有人。」我不敢停下腳步，只能朝著他再次大喊。

「在左邊。」他朝著我們大喊，「諾斯，通道在左邊。」

「在左邊嗎？好！」諾斯只有一瞬的猶豫，就改變了前進的方向，而我跟克莉絲也努力的跟上他。

不行，肯定來不及了，對方可是用飛的。

我感受到一股風壓朝著我們逼近，不曉得是不是心理因素，但我不敢回頭去看。

要被追上了嗎？

「……落地時可能會有點痛，可是現在我想不到其他辦法了。」狄克聲音從上方傳來。

我抬頭一看，他也飛在空中。

還來不及驚訝，就突然感受到一股力量將我往前方甩了出去，我的腳離開了地面，向前飛了出去。速度非常的快，我害怕的叫了出來。即使如此，狄克還是用更快的速度超過了我們，飛在我們的面前。

「啊——！」前方有一棵樹木，再這樣下去我們要撞上去了。

我緊閉了雙眼，不敢接受等一下要發生的事情。

要撞上了。

理應要撞上的那個瞬間，我像是撞到了某種軟墊，向後彈了大概兩公尺遠。

「快點走，這棵樹後面有一間房間，通道就在那裡。」狄克大喊。看來是他用能力救了我們。

我還沒辦法站起身子，諾斯就把我跟克莉絲一把拉了起來。我們趕緊朝著後方的房間走去。我害怕的回頭一看，那些地外人已經要追到我們了。

不行了。

來不及。

只見狄克背對著我們，雙手在空中比劃了一陣。突然間，空中折射出奇怪的光線，空間像是被扭曲一般。那些地外人像是撞到什麼似的，往後方彈去。

狄克轉過頭，朝我們的方向飛了過來。

跑在最前頭的諾斯進到了房間。我還沒走進裡頭，就聽到他的喊聲：

「球體被破壞了。」

啊……怎麼會這樣子……

看來並不是我們想的那樣，他們對於我們的逃跑早有準備。

只要將唯一離開這裡的交通工具破壞掉就好了。

我跑進了房間，看見那令人絕望的一幕。

那藍綠相間的球體以被炸成了碎片，裡頭的座椅孤零零的裸露了出來。

「直接跳進通道裡。」後方狄克朝大喊。

咦？那通道身不見底，只有完全的黑暗。我在洞口邊看著，完全沒有跳下去的勇氣。

「哼！沒地方跑了吧」地外人已經追到了門口。

「快！」狄克推了我們一把，失去平衡，我踉蹌地摔到了那個洞口裡。

「啊啊啊啊——！」我們放聲的尖叫著。

「不用擔心，我會救你們的。」狄克在一旁說。

我們不斷隨著重力向下墜落。

「他們……不會追……來嗎？」

克莉絲應該是面露擔心地問，但因為向上的強風胡亂地吹在她臉上，除了講話斷斷續續的外，臉和嘴巴也變吹成很滑稽的樣子。讓我很不合時宜的笑了出來。

「看……來是沒……有追過來。」狄克回頭看了一眼，他的樣子同樣搞笑。

「不會的……他們不會……追來。」

沒想到這種情況下我居然還笑得出來。

哈哈哈哈。

這就是所謂的崩潰吧。

我們沒有地方可以躲了。

黑暗的絕望感朝我襲來，而我們只能像這樣無止境的墜落。

希望一切都只是我想太多。

不停的往下墜落，速度越來越快、越來越快，極度不舒服的感覺從胃袋湧了上來。一個瞬間，重力的方向似乎改變了。

「在忍耐一下，我們就快到了。」狄克說。

往一旁看去，克莉絲已經暈過去了，嘴角似乎還吐出了一些白沫。雖然身為美少女的她此刻形象有些破滅，但我還是很羨慕她可以暈過去。

「快要到了。」當我們的速度已經變得緩慢的時候，狄克對我們說。

一摔出洞口，狄克雙手朝洞口比劃了一下，一瞬間空氣中出現了一塊空間扭曲般的平面，以免我們又重新掉回了地外的世界。

我們平平穩穩地停在了半空中。

「你們回來了！」

是校長的聲音，我們狼狽地走出了洞口。整間房間內看來只有校長一人。

「發生什麼事情了？你們的通訊器突然都沒了訊息。」校長神情緊張的問。

「那個……」我不知道該從何說起。

「原來……地外人都還在嗎？」我們什麼話都還沒回答，校長就接著說。

「恩，而且……他們好像都有特別的能力。」克莉絲說。

「完了。」校長的語氣顫抖了起來，眼神空洞，像是被什麼東西附身了一樣。

看著校長的樣子，我不禁感到一陣寒意。

「『歷史』要重演了，我將成為『歷史』的罪人……」

「校長，你沒事吧？」我關心，「你說『歷史』會重演……那是什麼意思。」

「啊啊啊啊啊——！」平時威嚴的校長，崩潰的慘叫了出來。這畫面烙印在我心底，恐懼的感覺油然而生。

「歷史」會重演……

過去的那些事情，會再一次的上演？

過去……

屠殺？

「我們得快點逃跑。」克莉絲突然大喊。

「逃跑？為什麼要逃跑？」諾斯問。

「屠殺……他們一定還會再下來，就像一千年前一樣。」克莉絲抱著胸口，全身縮在了一起。

連克莉絲也這麼認為……

恐懼感已經爬滿了我的脊背。

「不會的，就算他們下來，只要好好溝通的話……」狄克的話還有沒說完，就被校長硬生生地打斷。

「溝通？」校長冷笑了一聲，「他們在一千年前的那場屠殺，可是殺了全鎮超過三分之二的人。」

背脊上的恐懼感侵入了我的脊椎，我渾身不由自主的顫抖了起來。

「不可能！我聽我爸媽說，他們只打了一天的仗，隨後就用協議的方式讓對方投降了。」狄克反駁。

「是啊。」校長呲牙裂嘴的仰天長笑：

「他們只用了一天，就幾乎滅了我們的村子。」

「……那我們得快逃。」諾斯激動的說。
「不可能了。」我也跟著絕望笑了出來，「我們哪裡也逃不了了。」
我們只不過是被關在地底下的囊中之物罷了。
兩天後。
地外人從屋拉諾巨洞入侵了。

⑦

地外人來到我們的地下世界了。
一得知這個消息，我馬上打電話給諾斯。電話那頭的「嘟、嘟……」聲響讓我心煩意亂，那與我焦慮的頻率不謀而合。
我回想起昨天的事情。
從地外世界逃回到福瑞斯城的隔天，我們四人到了校長室，這次是出於我們的自願。我們透過諾斯，跟校長——也就是他的爺爺約了時間。
「你們找我做什麼？」
校長一如既往的坐在那個位置上，但面容比先前憔悴了許多。只不過一個晚上的時間，而且實際上也什麼都還沒發生。

「校長，我們想請教有關於『歷史』的事情。」我毫不諱言的說。

昨天從校長的口中，聽到了從福瑞斯人口中不會說出來的詞——「歷史」。

校長肯定知道些什麼。

「歷史嗎……」校長嘆了口氣，「從沒想過有一天我會跟除了繼承人外的人講。」

我看了諾斯一眼，他是遲早會知道「歷史」的人。

「不對，其實我應該想過無數次了。」校長望向了遠方，好像那裡有著我看不到的東西：

「我希望在我們回到地外世界的時候，我可以站在大家的面前侃侃而談。那些過去的歷史，我們所背負的罪孽以及曾經的那些美好。我在我的腦海中幻想過無數次了。」

「那段過去到底是什麼？」我問。

「……我們都是從地上來的。」校長帶著一絲困窘的笑了，「回到地面上，只不過是回到我們的家園罷了。」

「真的假的……」我的猜測居然是正確的，我們曾經都是從地外世界來的：

「那……為什麼我們會到地下的世界？」

校長依舊看著遠方，我想那裡應該有著我沒見過的過去畫面。

他緩緩的開了口。

大約在兩千多年前，地球外的世界氣候變得異常、人口過於壅擠，還有許許多多的原因。總歸來說，地球上變得不適合人類居住了。那時的人類人口驟減，甚至差點滅絕。於是有人開始提出了各種想法，而其中一個最後拍案實行的就是——

既然地球上不行，那我們到地底不就好了？

各個領域的專家集結在了一起，設法在地底下創造一個適合居住的城市。

那就是後來福瑞斯之城。

他們將海水引流進了地下，在地殼中設置了重力板，甚至改造了地核，讓它發出的能量剛好適合在地殼裡頭生存。建設了來這裡的通道，為了方便，都是建設在入水孔的旁邊。

終於，在好幾百年的努力之下，人類免於滅絕。剩下的人們住進了地下世界，創立了福瑞斯之城。

他們在裡頭開始過上了普通的生活，當然，他們也在等著可以再次回到地面上的那天。

他們決定開始挖掘另外一個通道來回到地面，也就是現在的屋拉諾巨洞。花了接近三百年的時間，巨洞終於快要建立完成，沒想到這個時候，居然發生了意料之外的事情。

地外的世界還有人活著，而且變成了新的居民。更誇張的是，他們得到了科學無法解釋的能力。有人甚至懷疑他們是外星人。

他們來到地下世界肆意的屠殺，短短不到一天的時間，地下的世界就只剩下不到一半的人口。

那時地下世界的居民們不得不趕緊投降。

地外世界要地下世界的人不要再有回到地外世界的念頭，他們把所有有關地外世界的東西全部銷毀。藏有許多地外世界書籍的華和耶圖書館首當其衝，他們放了把火將它燒了。到地外世界的入口也被一一處理，海洋上的入口標示被「危險海域」的標示覆蓋上去，屋拉諾巨洞的入口被處理成了觀光區，還插上了幾張諷刺的告示牌。

最難處理的，就是人類的記憶。於是他們用武力威脅，甚至派人留在地下世界監視，不准任何人提及有關地外世界或是「歷史」的事情。

人類的知識是一代接著一代傳遞的。

但從那時候起就徹底斷絕了。

就這樣，地下世界被完全的隔離。

「——我們只是想要回到了自己的家鄉，這有什麼不對？」校長憤慨的拍了桌子。

「那……校長是怎麼知道這些事情的？」我問。如果所有的消息都被封鎖，我們至今是不可能知道這這些事情的。

「百密必有一疏。」校長說，「話雖如此，大部分的人還是被發現了。不到兩百年的時間，知道這些歷史的人只剩我們這一家人了。為了怕波及他人，也怕在繼續激怒地外人，我們家族自己訂立了嚴格的規則。不能跟外人說這些歷史，並只能將這些知識傳承給自己的後代。」

校長看了諾斯一眼。

「原先以為在我這一代就可以回到地上的世界。沒想到……」校長停頓了一下，語氣瞬間哽咽：「我現在準備要成了歷史的罪人。」

「如果知道會這樣，為什麼你還要我們去地外世界呢？根本都還沒有確定清楚外頭的狀況，這根本是玩火自焚。」我語氣有些激動。

「玩火自焚嗎……妳要怎麼說也沒錯。」校長淡淡的笑了，「但是火很有吸引力阿。」

「……也許還來的及，也許可以跟他們好好談談。」我說，就算希望渺茫。

「不可能的，他們可是流著惡魔的血液，各個都殺戮成性。」校長說。

「不會的，像狄克……」。

「他果然是惡魔的後裔嗎？」校長怒視著我身旁的狄克，那眼神彷彿要置他與死地。

「不，不是的。他的人很好，救了我們很多次，像是我在海邊溺水那次，要不是有他，我可能早就死了。」我著急地幫狄克辯駁。

「是嗎？但是……」校長語氣一沉，面露凶光：

「在屋拉諾巨洞旁殺死我朋友的，不正也是他嗎？」

那個人在我的面前雙眼突然瞪大，冒出了許多血絲，鼻孔和耳朵流出了紅色的鮮血。口吐著白沫，發出了令人害怕的呻吟聲。太陽穴冒出的血管，額頭浮現的青筋。一幕幕清楚的回放在我的眼前。他的頭不斷的膨脹著。下一個瞬間，他的頭像氣球一般爆炸了。許多的液體向外四散噴灑而出。視野變成全然的鮮紅色，鮮血濺到了我的身上。

這些……果然是狄克做的嗎？

「啊啊啊啊——！」

我身後傳出了痛苦的呻吟。狄克抱著頭跪倒在地，不斷大口的喘著氣。

我突然想起了在屋拉諾巨洞時，他露出的那個笑容。

那淺淺的一抹微笑。

難道，並不是我看錯了？

——惡魔的血液。

難道真的在狄克的體內流竄著？

⑧

校長說的沒錯，雖然這一切不是他的錯，但他的確成了歷史的罪人。

無限輪迴的電話「嘟、嘟」聲終於結束，諾斯接起了電話。

「可以借我那台飛機嗎？」我劈頭就問。

我希望能立馬趕去屋拉諾巨洞的現場。雖然也許已經來不及挽回什麼，但總得試試看。

身為第一批去到地外世界的人，必須得負起相對的責任。

「喂，蕾雅。那個……」

「沒時間了！」

「……我也跟妳一起去。」

「不行，太危險了。」

「知道危險妳還要去？」諾斯的語氣聽起來有些生氣。

「不然怎麼辦？反正在他們面前，你我根本就沒有差別。」

雖然聽起來只是詭辯，但他們的確只要一動手指，我們都一樣是死路一條。

「……但在我心裡，妳是特別的。所以我不希望妳去。」諾斯正經八百的說。儘管是在這種時期，突然聽到這種話我還是不爭氣的害羞起來。

「……」

但現這些爭論都是毫無意義的。

地外人連趕路的時間也沒有留給我們。

「碰——！」

外頭傳來一聲巨響，隨之而來的是接連不斷的窸窣聲。

我只能在心中祈禱那不是居民們的慘叫。

不到十幾分鐘的時間，他們就已經從屋拉諾巨洞一路殺到了這裡。

地底世界，福瑞斯之城的首都——新斯蓋村。

也是我們從小居住的村莊。

各種悲慘的想像像幻燈片掃過我的眼前。

從家中看出去，遠方似乎冒著紅光，還冒出了陣陣白煙。

得想想辦法。

得想想現在還有什麼辦法可以阻止這一切。

「……咦？」

我瞇起了雙眼，想看清楚窗外的那個是什麼。

一個黑點？

一個黑點從遠方飛來，它的速度非常的快。

不對，那不是黑點。隨著它距離越來越近，它變的越來越大了。

這下我才看清楚了。

那是一顆無比巨大的岩石。

「碰——！」它落在了村莊內，發出了巨大的聲響，甚至感覺的到地面劇烈的震動。

那是我們學校的方向。

尖叫聲。

慘叫聲。

呼救聲。

這些聲音不斷的在村莊內四起。

我腦中的某條思路像是承受不住這樣的畫面而損毀了，這時居然能冷靜的分析這些事情。

屠殺……就要開始了。

我準備跑出家中，剛好在樓梯口遇上了歐蘿阿姨，看她的樣子應該是要上樓找我。

「蕾雅小姐妳還在這阿，快逃吧！」

「恩，我們快一起走吧。」我拉著她的手，想要衝出門外。但她依舊站在原地。
「小姐，我年紀大了，雙腳也不好使喚了，妳還是一個人走吧。」她鬆開了我的手。
我看了看門外，村民們在街道上四處逃竄，不少人已受了傷、渾身是血。簡直是電影裡的場景。
在離巨洞更近的地方、在我們看不見的其他地方，那些人又怎麼了呢？
就憑我們，可以逃到哪裡去？
「好吧，阿姨，我先走了。」轉念一想，也許留在家中還相對比較安全。
我跑出了家門。
還好爸媽剛好在這時又出遠門旅遊了，算是避免遇到這種情況。
但，這樣下去，不管是哪個村莊都無法避免的吧。
「啊——！」
一聲驚慌的吶喊從我的前方傳來。我轉頭看去，有一對母女在我前方不到二十公尺的地方。
我還沒來得及反應過來。
下一個瞬間，一顆巨石落在了她們站的位置。
「噗滋——！」
我從來沒想過人體能夠發出那樣的聲音。
明明巨石落地的聲響強烈的震動了耳膜，但那聲噗滋卻像是潛入了我的心底，在我的腦中揮之不去。巨石的邊緣有鮮血暈了出來。那裡有隻手掌伸出了食指正對著我。就像在怪罪著我的見死不救。

不是這樣的。
我什麼也做不到。
呆立在原地。
絕望。
無助。
一片黑暗。
無數的情緒在我的心中升起，卻沒有一種能真正的描繪此刻的狀態。那無限混沌、無限混亂的感覺。
「哈哈哈哈！」
誰在笑啊？
哈哈……突然也有點想笑呢。
抬頭一看，有幾名地外人正飛在空中。
明明我們長的差不多，他們不過是高大了點，為何會有這麼大的差距？
街上的人們正不斷的逃竄著，只有我一個人站在原地。
「小妹妹妳還站在那裡幹什麼，快跑阿。」路過的人不斷呼喊著我，但我卻完全動不了。並不是害怕到跑不動，而是……
我們應該要跑去哪裡？

一陣陣的慘叫聲不斷襲來。

「好了、好了，都不要跑了。」傲慢的聲音從我的背後傳來，我轉過頭去。

一名地外人正漂浮在慌亂的村民們上頭，臉上掛著狂妄的笑容。村民們一看到地外人又更加的慌亂，全都在街道上擠成了一團。

「都說了不要動了。」那名漂浮在空中的地外人像是在空氣中抓住了什麼，他的手慢慢的往上移動。

隨著他手的角度提高，有一名村民憑空飄了起來。

「啊……不要。」

那名村民無力的喊著，並不斷的在空中揮舞的四肢。但他就像是被掐住的小蟲子一般，絲毫無法從那看不見的力量掙脫開來。

那村民慢慢地飄到了地外人的面前。

「我不是說過了嗎，不要動。」地外人瞪著那在空中不斷掙扎村民，發出了狂傲的笑聲。

「啊啊啊啊——！」慘叫聲。那村民軀體漸漸的被往兩邊拉扯著。

我閉上了眼睛，沒有勇氣繼續看下去。

下一個瞬間，我聽到了令人撕心裂肺的撕裂聲。

這到底是怎麼回事？我們什麼事都沒有做錯，為什麼卻要在這被他們給虐殺？

這種時候，還會有人能來救救我們？

克莉絲、狄克、諾斯，你們現在還好嗎？

「那下一個是誰呢？」我聽到了那名地外人的聲音，重新睜開了雙眼。

周圍的村民們也都停下了動作，不敢輕舉妄動。

我後悔我抬起了頭。

「嘔……」

那瞬間，一陣反胃的感湧了上來。剛剛那個村民的身體被從中間一分為二，現在還掛在空中。他的內臟、腸胃還懸掛在他的身體邊，不斷有血跟液體滴落下來。

撕心裂肺。

「唉——！一個一個殺還是太麻煩了，你們還是全都一起去死吧。」那名地外人大笑一聲，村民們又全都暴動了起來。

地外人的手朝他的左邊一揮，他左邊的人群瞬間安靜了下來。

下一個瞬間，哀嚎聲四起。

有些人命中要害，頭顱掉落，有些人從肚子被腰斬，有些人則斷了手腳。

我已經連害怕都做不到了，眼前的畫面已經超脫現實太遠了。

這也許也是一場夢吧。

那名地外人又伸起了他的右手。

我閉上了雙眼。

「等等！」一股滄桑、又讓人熟悉的聲音從遠方傳了過來。

是校長的聲音。

「喔？」那名地外人遲疑了一下，看來在找尋著聲音的來源。

「哼，找到了。」那名地外人說著，用著看不見的力量將校長從遠處拎了起來。

「你有什麼話想說嗎？」地外人對著被拎在空中的校長說。

「我……我們地下人投降，我們願意成為你們的奴隸。」校長的語氣顫抖著，但想必已經竭盡所能在克制了。

「當我們的奴隸啊？你們可以做什麼？我們有這麼方便的能力，還需要你們幹麻？」他傲氣的笑著，那笑容讓我看見了深不見底的黑暗。

惡鬼。

那就是全然的邪惡。

果然，地外人都是惡魔。

「這……我們可以替你們提供糧食……或是——」

這句沒說完的話成了校長的遺言。他的身體在空中爆炸，像是粉末般消失在了空中。校長的鮮血或是什麼其他體液像降雨般淋落在我的身上。

阿，人體有百分之七十是由水組成的，看來是真的呢。

「當我們的奴隸？笑死人，當玩具還差不多。」那名地外人收起了笑容，突然看向我：

「怎麼有個小妹妹孤零零地站在那兒呢？」
一切都結束了。
但至少到最後，我是不是該做點什麼抵抗。
「等等……」我雙眼無神，毫無生氣地朝著他大喊，可是他的動作依舊沒有要停下的意思。
他的右手緩緩地揮了下來。在我的眼裡就像是慢動作一般，前方村民的尖叫聲依舊。那地外人笑著，臉上滿滿的都是剛剛噴到他身上的鮮血。
一切都結束了嗎？我不但沒能知道過去的歷史，甚至連未來都沒有辦法見證了。
也許，福瑞斯城的歷史就要在今天結束了。
「再見了！」那名地外人說。
希望我能死的痛快一些，不要折磨太久。
突然間，他的右手改變了方向。不，是飛離了他的身體，大把鮮血從他的肩膀處濺出。
「啊啊啊啊——！」他失控的慘叫著，「是誰！」
「停戰吧。」空中的另一頭飛出了兩個人。
是狄克和他的爸爸。
狄克……他沒事。
他來救我了！
他果然不是那種如惡鬼一般的壞人。

「啊啊啊啊——！痛死了！」那名地外人持續的慘叫著，傷口處折射出奇怪的光芒，漸漸地不再流血。

他在用超能力替自己止血。

「一時大意了，忘了老大說有叛徒在地下人之中。」那名地外人低聲狂吼。

「我們本來就是地下人，不是什麼叛徒。」狄克的爸爸對著那名地外人說。

「這可真是出乎意料之外阿。」那名地外人居然笑了起來，是個扭曲而令人不安的笑容。他朝著地面一揮。地面的慘叫聲又再次四起。

「不要在屠殺了！」狄克的爸爸激動地衝了過去，雙手朝他一揮。

「剛剛偷襲都只砍斷一隻手，現在一個人衝過來又有什麼用？」那名地外人笑著，揮出他僅剩的另一隻手。空間像是被扭曲了一般，看起來是擋住了攻擊。

接著，他突然消失了在空中。

等他再次出現時，已經出現在了狄克爸爸的背後。

「戰力差太多了。」他的手抵在狄克爸爸的腦袋瓜上。

下個瞬間，狄克的爸爸腦袋被一股看不到的力量轟了出去。

身體像脫線的人偶，隨之墜落。

「爸爸——！」狄克慘叫。

慘了，接下來狄克有危險了。

那名地外人轉過頭看向狄克。

我得做出行動，不然狄克……

我試圖將害怕和畏懼的心情塞到心理感受不到的地方。

已經沒有時間猶豫了。

「等等！」我朝著空中大喊，「讓我見你們的老大，我們想跟他談談。」

那名地外人轉頭看向我，將他的左手高舉。

「你們老大叫比特對吧！我有重要的事情要跟他說。」

「……喔？」那名地外人的動作停了下來，「知道我們老大的名字……你們就是當初逃走的那些人啊？」

我的身體漂浮了起來。

「蕾雅——！」狄克對著我大喊。

我現在的眼神應該很堅定吧。我心想。不能再害怕了，不能再讓更多人犧牲了。我握緊了拳頭，手心滲出了血來。就算是這樣，我還是得想辦法讓我的顫抖停止下來。

我飄浮到了跟他相同的高度。

「妳有什麼話要說？」

「不是你，我找你們老大。」

那名地外人表情浮誇的笑了出來。

「雖然說現在就殺了妳也無所謂，不過帶妳去找我們的老大應該蠻有趣的。」

瞬間，我高速的飛在了空中，而那名地外人也用一樣的速度飛在我的身邊。

「蕾雅——！」我轉頭看，狄克似乎努力地想追上我們，但他的速度卻完全跟不上。

過於快速的風速幾乎劃破我的皮膚，但我現在沒有餘力去在意那些。見到他們老大之後，我應該說些什麼呢？

我才剛開始思考這個問題，我便感受到速度變慢，是準備要降落了吧。

不管怎樣，我應該替村上的人爭取到了一點時間了吧。至少，就算很微小，我也有了一絲絲的貢獻。

我想到那對被壓在巨石底下的母女，想到鎮上的居民們，想到校長、狄克的爸爸，心中一陣陣哀痛的感覺湧了上來。

我重新回到了地面，降落在了屋拉諾巨洞旁。

「老大、老大，這個地下人說有事情要找你。」我被那名地下人踹了一腳，倒在了他們的老大面前。

「喔？伯托斯，你居然那麼快就回來了，殺戮不好玩嗎？」他們的老大用著高傲的語氣說。

「簡直是太有趣了。馬爾斯，你沒去真是太可惜了。」一名叫伯托斯的地下人對著他們老大身旁的另一名地外人說，那個人的身材異常的高大。

「有趣？我倒不覺得失去一條手臂有什麼有趣的。」對方說。

「這是被一個叛徒偷襲的啦，不過我很快就報仇了。」伯托斯笑嘻嘻地說。
「……無聊。」我似乎聽到馬爾斯小聲的這麼說。
「你這麼快就遇到叛徒啦。」他們的老大低下頭看了我一眼，「那妳呢？妳有什麼話要說？」
「……我們投降。」我說，「我們當你們的奴隸，這樣掠殺對你們也沒有什麼好處吧？」
「……喔？」他們的老大遲疑了一下，「看來妳很了解嘛，掠殺對我們來說的確沒什麼好處。」
他蹲了下來，捏住了我的臉，我的頭被拽了起來。
「但是很好玩啊。」他露出極度扭曲的笑容。
我看著他的眼睛，那渾沌的雙眸令我不寒而慄。
「如果……」
我話還沒說完，頭就被重重的甩到的上。
「閉嘴，那些簡單的道理不用你們這種下等種族跟我們說。就像是小動物一樣，必須先讓妳們感受到切身的恐懼。不然，你們怎麼肯乖乖當我們的奴隸呢？」他話說完，高舉了右手。
我緊閉上雙眼。
「老大，等等。」是那個馬爾斯的聲音，「我認為可以把她留著，她以後應該有點用處。」
「……能有什麼用處？」
「跟下等種族溝通總得需要橋梁。」
「……」那名老大悶哼了一聲，放下了舉起的手，「把她帶走。」

「是。」馬爾斯說。

一天後，他們的殺戮全面終止了。

據說福瑞斯城內少了超過一半的居民。

第五章　抗爭

①

那天之後，我沒再見過我的父母，他們肯定跟往常一樣，又不知道到哪個很遠的地方去哪邊旅行了吧。

我根本無法這樣樂觀的說服自己。

看著爸爸媽媽留下的照片，我重新確認了自己悲憤的情緒。

那場虐殺距今已經過了兩年。

那天，我失去了父母。我沒能見到他們的最後一面，甚至連他們的遺體也不知在何處。我想應該面目全非吧。

但沒有時間讓我難過太久。

因為在那天，我們也同時失去了自由。

我們全都成為了奴隸。

地下世界的人口數少了一半以上，不僅勞動力不足，一些自動運作的機械也因為那場屠殺損毀，幾乎無法運作。儘管如此，地下世界的糧食、礦產乃至任何資源，有大半要進貢給地外世界。原已匱乏的資源，因此更加入不敷出。

並沒有人監視著我們，但幾乎所有人都拚上了性命在工作。

因為烙印在眼底的恐懼。

滿足地外人的一切需求，我們無從反抗。

歷史再一次的重演，甚至比先前還更要難堪。

在兩年前那場虐殺之前，我無法想像為什麼以前的人會這麼乖乖聽地外人的話。抹滅了自己的歷史，又放棄了去地外世界的念頭。

現在我懂了。

那是最基本的——

能力上的差距。

物種上的差距。

絕望。

恐懼。

無助。

這些情感時不時的就會湧上心頭。只要一閉上眼睛，那一天發生的事情彷彿會隨時重新放映在眼前。

對於這無理的一切，我們只能乖乖服從。

唯一值得慶幸的，我們四人小組在那場屠殺都幸運地逃過了一截，大家都平安無事。但也許，那也不能稱作為無事。那天過後也許我們都已經死了，剩下的只是聽從命令的傀儡空殼罷了。

雖然活下來了，但這一切讓我十分痛苦。從那天之後，我成了負責回報村裡各種消息的負責人。這也是他們為什麼不需要監視的原因，連這件事都有人代勞。

簡直生不如死。

我的命是用背叛全村的大家換來的。

唯一能稍微忘卻那些煩人事，就只有在從事勞力活過後，那忙裡偷閒的歷史研究時間。

我曾經從比特——也就是地外人的老大那裡問關於地外世界的事情。為什麼我們第一次去地外世界的城市會像是廢墟一般？我膽戰心驚的問，就深怕會惹他們不高興。沒想到他卻笑了出來，語氣自信又高傲：

「當初有地球上有另一派人馬，他們沒有發展出超能力，但是頭腦特別好。他們的文明高度發展，但最後還是被我們給滅了。」

滅亡了……

就如同自然界的法則，弱肉強食。

也許我們已經避免了最壞的情況。

但或許，等我們最後的價值被利用完了後，也會面臨相同的情況。

或是，單純因為我們的軟弱及不敢反抗，才會變成現在苟延殘喘的局面？

這段時間，我跟歐蘿阿姨的兒子暗中通信交流。奇怪的是，亞特蘭提城完全沒有落入地外人的控制之中，還是平穩的過著自己的生活。

「在歷史之中，這是很常見的事情嗎？」我曾經在信中提及這個問題。難道我們現在遇到的局面——被他們的統治，在歷史的長河中也只是稀鬆平常的事情嗎？

「曾經我也想過反抗。」他給我的回信這麼寫著：

「雖然在我們的文化之中，少了反抗的精神，但經過長時間深入的思考、研究歷史過後，我也曾思考過，為什麼我們得一直當福瑞斯人的傭人？就因為你們的身材高大，頭腦比較好嗎？可怕的是，結果真的就是這麼簡單。」

收到那封信的那陣子，我每晚都在床鋪上翻來覆去，沒有辦法安穩入睡。

是阿，原來我們對亞特人做的事情，跟地外人對我們做的是一樣的。過去從來沒有這樣想過，還因為他們對我們的敬畏感到困惑。

就因為我們的能力比較厲害，亞特人就得聽命於我們。

我無法接受這樣的自己，卻無法反駁自己從小就接受了歐蘿阿姨的照料。

原來在阿姨的眼裡，我們就跟那些地外人沒什麼兩樣。

不對的。
不應該是這樣的。
如果他們早點告訴我的話，我就會發現事情的不對勁。就因為我什麼都不知道，才會覺得亞特人在福瑞斯城內當傭人是很稀鬆平常的事情。
要是他們反抗的話，我們一定會有所改變的。
真的是這樣子嗎？
我們有可能為了平等，而捨棄了我們生活之中的方便嗎？
想到這裡，我的情緒就像是落入了無盡的深淵裡。人性的貪婪以及邪惡可怕的令人髮指。
他們也許不是不反抗，而是無法反抗。
因為能力上的差距。
那如果，我們填補上了能力上的差距，是不是就有機會可以反抗了？
我無法接受再這樣繼續下去。
經過了這段時間的研究，以及與歐蘿阿姨的兒子來回通信之下，我試圖找出了一線的生機。儘管是微弱的光芒，但卻也是我現在唯一能夠注視到的。
我們第一次去地外世界所見到的那個遺跡都市，地外世界那個在多年前被滅亡的高度發展城市，可能存在著讓我們反抗的機會。
高度發展的地外人派會被滅亡，可能是因為他們的威脅實在太大了，不可能有效的控制他們，甚至讓他們繼續存在都很危險。也就是說，沒有能力的他們，可能存在著可以與之抗衡的武器。

有著高科技發展出來的毀滅性武器。

我抱著必死的決心，賭上了整個城市未來的宿命。

不成功，變成仁。

我向歐蘿阿姨的兒子提出了我的計畫，他的回信裡寫著斗大的幾個字。

——這次，我也想反抗一次。

原本我是不想讓我的朋友們也面對這樣的危險的。但，要是失敗了，也許也是得面臨一樣的下場。況且，要出去探險，怎麼樣都不能少了他們。有了他們，也許可以讓我更有勇氣繼續向前行。

我向他們說了我的計畫，他們二話不說地說要走就一起走。

利用了將近一個月勞役過後的空檔進行討論以及沙盤推演，計畫在今天晚上終於要開始執行了。說實在的，那也稱不上是什麼完善的計畫。畢竟兩邊的實力差距過大，而我們的希望又是充滿的這麼多的不確定性。

我們真的找的到武器嗎？

過於懸殊的立場，是不可能靠一般的方式逆轉戰局的。

不靠豪賭是沒有勝算的。

只能且戰且走了。

半夜，我們悄悄地搭上了飛機，目的地——

亞特蘭提城。

我這樣擅離職守，只要明天下午沒有按時回報福瑞斯城的情況，肯定很快的就會被發現了吧。

但是我無法在這繼續這樣子生活下去了。

毫無自由的生活。

服侍著我們的弒親仇人。

我們要反抗。

即使我們現在連反抗的能力也沒有。

但正是因為這樣，所以我們才要去找。

②

寺廟入口。

我們跟歐蘿阿姨的兒子約在這裡見面。

「你們好，我叫波拉。」歐蘿阿姨的兒子向我們自我介紹。我們也一一報上了名字。

不過兩年的時間，大家都變了好多。諾斯的身材變得更加結實了，而狄克可能是因為擁有超能力的關係，身材並沒有什麼改變。克莉絲的容貌雖然依舊美麗，但也覆上了一層滄桑。

「我們趕緊出發吧。」我說。

亞特人的長老一聲令下，其他亞特人連忙開啟了大門。我們走進了一旁的小房間裡，那房間裡充滿了許多高科技的精密器械。

「上一次來這裡已經是兩年多前了阿。」克莉絲感嘆。

「是阿，當時的情況跟現在完全不同。」諾斯說。

「但是那時緊張的情緒跟現在應該差不多。」狄刻苦笑著。

我們看了彼此一眼之後，忍不住笑了出來。

長老在一旁設定著機器，我們五個人乘上了那個藍綠色相間的球體。

「倒是波拉，你真的要去嗎？這整件事情對你沒有什麼好處才對。」我說。

「我去是為了自己。如果覺得會礙事的話，我也不會勉強各位大人讓我隨行的。」

「不，你怎麼會礙事呢，我們才需要你的知識呢。」我連忙說。

球體的門慢慢關閉了。

「祝各位……一路順風。」長老說，我們點頭向他致謝。

門完全關上了，下一個瞬間，球體開始墜落。

不知道未來會變成什麼樣子。我心想。但是待會醒來之後，一定要試圖改變現況。

我不在村莊的事情不曉得能夠瞞多久。如果被發現了，他們會起疑心追來嗎？還是會覺得那根本就無所謂呢？

誰會在乎洞穴裡的一隻螻蟻呢？

伴隨著氣體洩出的聲音，我緩緩地睡著了。

明明時間很短，但卻做了場夢。

一場紅色的夢。

兩年前的那場屠殺，讓畫面中濺滿了鮮血。福瑞斯城裡有好多人犧牲了。

不，那並不是犧牲，因為我們並沒有換到任何東西。

我醒了過來，雙眼快速的張開，並沒有先前那種昏昏沉沉的感覺。

如果能成功反抗，那就算要我犧牲了性命那也沒有關係。

球體停了下來，外頭傳來了氣體洩壓聲。

我們抵達了地外的世界。

走出了小房間，外頭依舊是那一片難以習慣的漆黑。

「咦，這次它又變成半圓形的了！」

克莉絲指著天空說。我們順著看過去，這片夜空還是跟兩年多前的一樣，但福瑞斯城卻發生了好多的事情。不知道為什麼，看著這片夜空有種讓心情放鬆的感覺。

「原來這就是黑夜……還有月亮……」波拉抬著頭，語帶著惆悵。這應該是他第一次來到地外的世界吧。

「月亮……？」克莉絲問。

「是阿，那個東西叫做月亮。」波拉伸出了他的手，指著空中那半圓形的發光體。

真想仰躺在地，好好的欣賞這片夜空。一陣陣涼爽的風吹來，在這片廢墟之中氣氛是多麼的宜人。是因為這裡是我們故鄉的關係嗎？總覺得心情放鬆。雖然連想都不敢想，但好像能體會為什麼祖先們會想回到地面上了。

我們現在有急迫的任務在身。

雖然昏暗的天色不利於行動，但是我們也沒有時間等到白天了，必須立馬展開行動。依據我們的推測，如果是威力強大的武器，那它的體積應該不會太小。如果是武器的話，也不可能放在顯而易見的地方……

地底。

如果真的有那種武器存在的話，應該會在地底。

「那我們開始我們的計畫吧，狄克，拜託你了。」我說。

「恩，沒問題。」狄克閉上了他的雙眼。依他自己的說法，他可以透視並看到方圓大約十公里內左右的任何東西。

現在我們也只能等待並且相信他了。

「這裡的地下的確有很多空間。」狄克緩緩的說，「只是大部分都坍方變形了，可能有點難以進入。」

「沒辦法，也只能慢慢一個一個試試了。」我說。

「好，我找找看有沒有看起來比較像的地方。」狄克持續尋找著，雖然只是站在原地，但感覺並不是那麼輕鬆的工作。汗水不斷的從他的額頭冒出。

「有了！」他張開眼睛，並指著他的十點鐘方向，「需要用能力……」

「恩。」

話還沒有說完，我就打斷了他。現在並不是顧慮那麼多的時候，我們正在與未知的時間賽跑。

「好的，我會盡量不那麼粗魯。」

他話說完，我們的身子緩緩的浮了起來。我努力保持著平常心，但依舊擺脫不了那刻在心裡深處的陰影，有些不適。

狄克帶著我們到了某處的上空，從地面上看來那裡跟其他地方沒什麼不同，同樣是廢墟的一偶罷了。

我們緩緩的降落。

「這裡的地下有蠻大的空間。」狄克指著地面說。

「那它的入口在哪？」克莉絲問。

「你們稍微退後一點。」狄克說。

我們照著他的話做。他伸出了他的雙手，地面上的樹木以及一些建築的殘骸都慢慢的浮了起來。接著他往旁邊一揮，那些東西都往一旁飛去。

「好厲害。」波拉在一旁感嘆。

我們其他三人低頭不語。直至今日，那天的畫面依舊時不時在腦中重播放映，直到現在看到這種能力都讓我餘悸猶存。落下的東西應該沒有砸到人吧？
狄克飛到空中，雙手一揮，地面喀咖地迸出了一個小洞。
「從這裡進去吧。」狄克說。
我們通過小洞，依序鑽進那地下空間。裡頭的氣息陰涼，只有微弱的月光通過小洞射進了光束，我們拿出早已準備好的提燈，稍微照亮了周遭的空間。牆壁看起來是由特殊金屬材質打造而成，感覺應該很堅固。但即便如此，卻也承受不住時間的摧殘，都已歪曲變形。
「該從何找起呢？」等所有人都到了地下空間後，諾斯說。
「雖然這麼說很糟糕，但我們還真的一點線索也沒有。」我看著狄克，「狄克，你有辦法在找找看有什麼像是武器的東西嗎？」
「我試試看。」狄克又閉上了雙眼。
沒過多久的時間，他就張開了眼睛，而且面露恐懼：
「不好了，好像有人用很快的速度朝這邊過來了。」
氣氛霎時間安靜了一瞬。
「是那些地外人嗎？」克莉絲緊張的問。
「我想應該是吧。也只有他們可以飛這麼快。」狄克回答。
「那現在該怎麼辦？」諾斯語氣焦急。
該怎麼辦……？沒有想到他們那麼快就會發現，我們連武器的下落都還沒找到。

難道要失敗了嗎？

不，至少身為提出這個方案的我，不能那麼快就放棄。

「狄克，你可以再找一次看看嗎？看這邊最深處有沒有什麼東西。」我的語速很快，就連這點也要把握每一分一秒。

「好，我試試看。」狄克閉上了眼睛，汗水從他的臉頰上滴落。

我緊張地來回踱步。

「不行阿，我完全沒有頭緒。」狄克閉著眼睛說。

「那他們來這裡大概還有多久的時間？」我問。

「他們很接近我們了，大概在三分鐘就會出現在我們上頭了。」狄克說。他張開了眼睛，雙眼充滿了血絲。

該死，難道真的沒有辦法了嗎？

難道我們就要這麼手無寸鐵的面對他們，然後被殺死嗎？

手無寸鐵……

「啊……」

兩年多前，我們第一次來到這個城市的時候，看到了幾具白骨。而他們的身邊，都帶著一種看起來很高科技的東西。

他們不可能毫無反抗的死去吧。

「我們快去找地外人的屍體。」我大叫。

「地外人的屍體？」狄克疑問。

「不對啦，應該說那些白骨，他們的身邊應該會有武器才對。」我快速的補充。

狄克的能力使我們飛了起來。話雖如此，比剛剛的速度慢上不少，看來頻繁的使用能力真的消耗了不少體力，但也已經比用跑的來快上許多。

「他們追上來了嗎？」我問狄克。

「等等喔，我看……」

「算了，不用了。」看到狄克有些痛苦的樣子，再讓多使用能力實在太為難他了。一定會趕得及的。

「那裡，那裡好像有一堆白骨。」我指著地面大喊。雖然光線還有些昏暗，但我還是勉強看見。

狄克讓我們降落了下來，可能是能力控制有些不穩，落地時稍微摔了一下，但現在根本沒法去在意那麼多。我趕緊起身跑到了白骨旁。不只有一具白骨，那裡有著三具，而且他們的身邊都有著那看起來很高科技的物品。小小、長方形的。雖然我實在看不出這東西該怎麼當作武器。我撿起了其中一個。

「蕾雅阿，妳為什麼會在這裡？」

我渾身僵硬，背後的聲音彷彿夢魘一般，這兩年多來不斷的在我的腦裡繚繞。

「比……比特老大。」

我轉過頭。那面容在月光之下，更顯得令人恐懼。
不只比特，連馬爾斯和伯托斯都來了。
一共三個超能力者面對著我們。
一切都玩完了。
「妳手上拿的是什麼東西啊？」比特指著我手上的東西問。
「這……這是。」這已經是我們的最後一線生機了，我將那個東西指著他們。
雖然我完全不知道這東西有沒有用。
我只希望它能帶給我們一次機會。
「我想跟你們談談。」
我儘量保持著堅定的語氣。

③

手顫抖著，我緊握那四方形的高科技產物指著對方。
「大半夜的，火氣不要這麼大嘛。」比特語氣毫不在意：
「原來只是想要談談阿，我還想說大半夜的專程來這邊要做什麼呢，下次直接說一聲就好了啊。」

「沒錯，我覺得我們應該平等的好好談談。」我居然不感到害怕，也許是憤怒的情緒已經凌駕在那上頭。

「要談談是可以啦，不過可以等天亮嗎？」比特打了個哈欠，指著天空說，「我們飛了這麼遠的距離，也有點累了。」

沒想到對方會提出這種要求，讓我一時間不知如何反應。

「不過蕾雅，因為是妳我才願意和妳談談的，畢竟妳也為我們做了蠻多事情的。」比特的語氣突然變的嚴肅，面露凶光，「不過不得不說，妳們地下人果然還是一個樣。」

話說完，他們飛離開了現場。

他的眼神烙印在我的腦海裡，揮之不去。我又再一次體認到那打從心底的恐懼，看來自己剛才只不過是在裝模作樣罷了。

不可能，我們不可能可以成功反抗。

我看了一眼手上的那玩意兒。

「他們為什麼不直接殺了我們。」諾斯問。

「他們飛了那麼長的距離，應該真的很累了吧。」狄克聲音聽起來有虛弱，「畢竟使用能力真的是很消耗體力的事情。」

「你先休息吧。」我對他說。從來到這裡之後就一直使用著能力，真是辛苦他了。

「恩，我還是先休息一下好了。難保等一下還有要使用能力的情況。」狄克說完，走向一旁的樹下。

「那我去照顧他好了，他的狀況看起來不是太好。」克莉絲說完便匆匆的跑向狄克的方向。

「所以這個到底是什麼東西啊？」諾斯拿著剛剛從白骨旁撿到的那個玩意兒問我。

「我也不知道。」我拿起了那個東西仔細的端倪了一下。它的上頭有著一個我沒見過的圖示，一旁用文字寫著「輻射」。下方還有另外一行字，看起來像是注意事項。

——「請勿劇烈衝擊。」

「我似乎……知道這是什麼。」波拉手上也拿著一個。

「這是什麼？」我焦急的問。

「我聽說這是……一種毀滅性的武器。雖然小小的，威力卻極其強大，方圓百里的地方被炸過之後都會寸草不生。」他看著那東西語氣顫抖的說。

「這東西有這麼厲害嗎？」我看著手上的武器。那可能是我們最後的希望。

「蕾雅……我有一個想法。」諾斯的語氣突然沉了下來。

「什麼？」

「如果這武器有這麼大的威力，我們不如不要談了……趁著他們在睡覺的時候，把他們都給炸了。」諾斯的語氣帶著憤怒，「畢竟他們殺了我們這麼多人，是時候報仇了。」

「報仇嗎……」如果這武器真的有那種威力，我們只要多收集一些，也許真的能有可以跟他們抗衡的戰力。

不，也許能贏過他們。

「我並不贊同這個方法。」波拉插了嘴，「我們應該還是設法跟對方談談，這樣彼此殺戮也不是辦法。」

「你這個亞特人不要插嘴，你們的家鄉又沒有受到他們的侵略。」諾斯的語氣異常的憤怒，隨即又轉為痛苦，「你又怎麼能體會我們的心情。」

諾斯的家人也在那場屠殺中都過世了，也因為被限制了自由不曾再去探險。

「諾斯……」雖然我也很想報仇，但也許波拉說的對，這不一定是個好的辦法，「我想我們還是先談談好了。」

「阿……恩……」諾斯垂下了頭。

「先休息吧，我們一整個晚上都沒睡，雖然現在也沒剩多少時間了。」我對諾斯說。他點了點頭。我們各自找了一個位置，就地躺下來休息。

仰躺在地，雙手枕在腦後。我睜著雙眼，看著無邊無際的夜空。

天空上有許點小亮點，一閃一滅的。

那些到底是什麼東西呢？它們的光芒還真是微弱，儘管數以萬計的光點已經布滿了整個夜空，卻還是無法照亮大地。

抑或是它們距離實在太遙遠了，遠在我們觸手不可及的地方。

——就跟我自以為的希望之光一樣。

黯淡。

遙遠。

甚至是虛假的。

但我必須相信那是存在的，必需要有個目標可以行動。

再過幾個小時，這個幻想就要被瓦解了。

「……」

我怎麼可能睡得著。

再不到幾個小時，我可能就要進行一場攸關福瑞斯城所有人命運的談判了，這樣我怎麼可能睡得著？

我站起了身子。

「啊……哈哈哈……」

我笑了出來。

那瞬間，腦中的某條迴路可能出了問題。我像是著了魔似的。可能是長久以來累積的壓力，也可能是絕望讓人精神瀕臨崩潰。無論如何，我都無法清楚的解釋為什麼當下我會做出那種行動。

不……

這些都只是藉口。

我其實清楚的知道為什麼自己想要做這件事情。

這樣想只是為了讓自己好過一點。

為了創造出新的幻象。

「哈哈哈……」

在這種情況之下，我又笑了出來。

也許是笑自己在這種時候還能做出這種決定，也或許是笑自己居然能理性的思考這件事情。

或者，只是在嘲笑自己居然落到這樣子的下場。

不，這樣想的話只不過是把自己當成受害者罷了。

這樣思考的話，就沒辦法下定決心了。

必須拋棄那些感情。

生物的鳴叫聲迴盪在夜裡，我不知道是哪種蟲子，但那卻該死的製造了氣氛。冷風襲來，從袖口、領口吹了進去並帶走了溫度。明明應該是要炙熱難耐，我卻冒著冷汗不停的發抖。

在黑夜中，我悄悄走到狄克身旁。

他依靠在樹上，雖然不可能能睡得安穩，但至少此刻看起來已經入眠。克莉絲躺在他的身邊，看起來也同樣睡著了。

我輕輕的晃了晃狄克的肩膀。

「……嗯？怎麼了！」雖然突然被我叫醒，但他馬上就清醒了過來。

「噓……」我指了指克莉絲，並示意要他安靜一點，「你可以跟我過來一下嗎？」

我拉著他的手。

「嗯？什麼事情？」雖然他還搞不清楚狀況，但還是跟著我來了。

我拉著他，走到了一片破碎的牆壁後頭，那樣的高度正巧可以擋住我們。

「蕾雅，怎麼了？」狄克一臉狐疑。

風吹動著髮梢，微弱的月光灑在他的臉上。明明是夜晚的徐風，我卻覺得刺骨。我吞了口口水，還是控制不住自己顫抖的語氣：

「狄克……你……喜歡我對吧。」

「……咦？妳說什……」他別過了臉。

我羨慕他還能裝傻。不給他說完話的機會，我便朝著他的方向撲了上去。他穩穩地接住了我，我就這麼倒在了他的胸膛裡。

我伸手往他的褲檔摸去。

「哇！妳幹什麼啊！」他全身顫了一下，連忙把我推開。

無法做出任何回應。感覺眼前的畫面無法對焦，全身輕飄飄的。我繼續著動作，想要脫下他的褲子，卻被不停反抗。

「等等啦，蕾雅，妳到底在幹什麼！」他的語氣慌亂。

啊啊……我自己也想知道啊。

我站起身子，褪去了自己的上衣，胸部袒露在了狄克面前。

「妳幹什麼呀，快把衣服穿上。」狄克別過了視線。

我抱了上去，兩個人的身體緊緊的貼著。手輕撫著他的下體，嘴湊到了他的耳邊低語：

「跟我做吧。」

時間停止了。

他看著我的雙眼，顫抖的嘴唇像是想吐出什麼字句，但最後都沒有形成文字，消失在這片夜空之中。

「可是……」

不等他說完，我便吻了上去。

此刻不管聽到什麼，都會讓我的決心動搖。

他沒有抵抗。

我們胡亂的親吻著，雙手不斷在對方的身上探索。胸部被他手掃過的瞬間，我輕聲叫了出來。他看了我一眼，彷彿原始的慾望被點燃了。他的手往我的下體伸了來，而我手上撫摸著的早已硬挺。

我轉過了身子，雙手撐在牆壁上，背對著狄克。

「蕾雅，這樣……」

「不要說話，拜託。」

我無法想像狄克現在的表情。我閉上了雙眼，試圖想些過去美好的事物，沒想到那反倒成了反效果。

「啊……」
溫熱的感覺進入了我的下體。
很痛。
很痛……
不管是在哪種層面上來說。
我被不斷猛烈的撞擊著。
思緒逐漸的飄渺了起來。
諾斯……應該會原諒我吧。
不對，在這種時候我還在想什麼啊。
「蕾雅……」
「……」
「對不起。」

狄克抱住了我。
體內感受到抽蓄的跳動，被注入的那股溫熱感在腹部蔓延開來。
「我才是，對不起。」
啊啊……

這樣一來我們就再也不是朋友了吧。
天邊露出了微弱的光芒，天色微亮。
我看著這樣的天空，拚命忍住潰堤的情緒。
就算這時候流下了幾滴眼淚，也是可以被原諒的對吧？
我轉過頭，不敢面對狄克。穿上了衣物，想回到諾斯身邊好好休息一下。
「妳這是什麼意思？」
「……」
在我走過圍牆時，克莉絲出現在我的面前。
「妳不是喜歡諾斯嗎？」她滿臉委屈，語氣哽咽。
什麼啊？
妳憑什麼一副受害者的表情？
妳有體會過我的心情嗎？
「什麼？妳吃醋了啊？」話語像潰堤一般滿溢了出來。我不曉得自己會如此的酸言酸語，但那刻我就是講出了這句話。
「妳什麼意思！」
一個巴掌襲來。
左邊的臉頰火辣辣的。

我垂著頭，任誰看到我都會嘲笑我現在的狼狽樣吧。

「妳要去做的話也去做啊，倒不如說希望妳現在也趕快去跟狄克做。」我對著克莉絲咆嘯，隨即一股厭惡自己的感覺湧上了心頭。

我真是個垃圾。

克莉絲站在原地看著我。

我別過頭轉身離開。

憑什麼？

我又憑什麼擺出一副受害者的姿態呢？

一切都是出於我自己的決定，這樣做豈不是太卑鄙了。

我們所有的人都是受害者啊。

「對不起、對不起……」

我在心中吶喊了無數次。

無法表現出來的潰堤，更令人感到扭曲不適。

此刻的我只想趕快休息。

如果可以的話，希望能就這樣不要醒來了。

④

不要醒來。

就連這樣殘酷卻又簡單的願望也無法達成，甚至根本沒有休息的時間。

諾斯不見了。

一回到剛剛的位置，諾斯已不在那兒。四處找尋了一番，還是不見他的蹤影。我趕緊叫醒波拉：

「快起來，諾斯不見了。」

「……嗯？什麼？他去哪裡了啊？」他睡眼惺忪地說。

「我也不知道阿。」剎那間，諾斯剛剛那憤怒的情緒以及說的話閃過我的腦海。

——復仇。

我急忙查看了周圍，發現那長方形的武器全都不見了。我趕緊往剛剛圍牆後頭的方向跑去：

「狄克！」

雖然會很尷尬，但現在也顧不了那麼多了。

克莉絲和狄克不知道正在談論些什麼，但是被我打斷了。他們同時看向了我。

我感到一陣心虛。

「那個……諾斯不見了，你可以幫忙找找看他在哪裡嗎？」

狄克先是愣了一下，但馬上就搞懂了我的意思。

「好，我找找看。」狄克緊閉了雙眼，尷尬的氣氛讓時間過的特別漫長。我迴避著克莉絲的視線。感覺超脫了胡思亂想，腦袋已成了一片空白。

「在那邊。」狄克張開眼睛，指著他的右手邊。

我回過神，往他指的方向看去。

那應該是地外人離開的方向。

「諾斯該不會已經遇到的外人了吧。」我焦急的問。

「快要了，我們現在飛過去應該還來的及阻止。」狄克說。

「那就快走……」話都還沒說完，我就感覺自己漂浮了起來。波拉、克莉絲和狄克也是。

下一瞬間，我們已朝著諾斯以及地外人們的方向快速的飛行著。

太陽已經爬過了山頭，陽光灑落在大地上，像在與這個世界問早一般。在地下世界不曾有這樣的感受。這裡多變的太陽雖說怪異，卻讓我感到種說不上來的美麗。

一天的開始。

世界重新開始轉動

只希望這不是最後一次……

不是……最後一次看到眼前這幅美景。

「看到了！」狄克指著地面大喊。

我往下看去，諾斯正躲在一堵斷壁的後頭，似乎正警戒著誰。我往另外一個方向看去，地外人們在另一頭睡覺。

下一個瞬間，諾斯朝他們丟出了那四方型的黑色武器。

「阿……」我叫了出來，除此之外也無能為力。

那四方形的黑色武器在空中轉動，如慢動作般，劃過了早晨的空氣，拉出一條黑色的拋物線。

來不及阻止。

一切都結束了。

就算成功炸死了這五個地外人，但這就等於是向地外世界的人宣戰。

那東西持續飛著。

諾斯探出了頭看著狀況，而另一邊的地外人依舊熟睡著，沒有任何的動靜。

即將落地。

我閉上了眼睛。

「小心！」我突然被往一旁拉去。

那東西劃過了我的面前，筆直的朝天上飛去，直到看不見它的蹤影。我往下一看，比特的手指著上方。看來是他讓那東西的飛行改變了方向。

「磅——！」

震耳欲聾的爆炸聲從我們的上方傳來，熱浪以及強烈的衝擊波將我們沖向了地面。

那力道之大，使我們墜落的速度也異常的快速。狄克的能力似乎也完全無法拉住我們。

要撞上地面了，心跳快的像是要跳出身體裡。

居然是如此滑稽的結尾？未免也太可笑了些。算一算也是自食惡果吧，被自己人丟出去的炸彈害死什麼的……

「可惡——！」狄克大喊了一聲。

在即將落地之際，地面出現了一股看不見的氣流，讓我們稍微的減緩速度。即便如此，我們依舊重重的摔到了地面上。

「……哼。你們地下人果然還是沒變阿。」比特站在我的面前，俯瞰著倒在地面上的我。

受到過大衝擊力道的我，一時之間講不出任何話來。但至少避開了致命傷。

「蕾雅——！」諾斯從圍牆外跑了出來。

「你們還真以為那種武器對我們有用啊？」比特笑著說：

「如果有用的話，今天滅亡的就是我們，而不是另外一夥靠頭腦的人，不是嗎？」

是阿……

這點我早就注意到了。

但是如果不在心中這麼騙自己，我們又哪來的勇氣可以反抗呢？

「哈哈哈哈！居然搞偷襲這招啊，差一點就被你們成功了呢！」

伯托斯狂妄地笑著。這個嗜血狂魔高舉著他僅剩下的右手，看起來是對著諾斯的方向。來不及了。

就連喊叫聲也發不出來。

「唔……」突然，伯托斯改變了動作，他往後一跳。同時，在他前方的地面出現了一道裂痕。

我轉過頭看，是狄克。

他額頭冒出了大量的汗水，甚至有血從他的鼻孔流出。

「哼，叛徒。看到你就覺得我的右手隱隱作痛呢。啊，我已經沒有右手了呢。哈哈哈……」伯托斯低聲地笑著：

「我喜歡殺戮，但可不喜歡當獵物呢。」

「唉，真是的，事到如今你們為什麼還要反抗呢？」比特在一旁傲慢的說。

……為什麼？

他問我們為什麼？

他們對我們做的事情，讓我們吃的苦頭，他們能夠體會嗎？

整座城市被滅了超過一半的人。

失去了家人。

犧牲了自由，每天為他們拚死拚活的工作。

這些他們懂嗎？

「我們根本也不要求回到地上了，」我失控的咆嘯了出來，「我們只不過是想要自由罷了！」

氣氛突然凝結了。

「哈哈哈哈……」

先是比特笑了出來，接著其他的地外人也跟著笑了。

我不能理解他們在笑什麼。

那是一種嗤之以鼻，帶著鄙視的笑聲。

「那你又知道，你們對我們做了什麼嗎？」他悶哼了一聲，咬牙切齒的說，「看來在你們死之前，得讓你們知曉你們的罪孽。」

——你們地下人所背負的罪孽。

⑤

距今大約四千年前。依照那時候的曆法，大約是西元兩千一百年的左右吧。那時候還沒有所謂的地下世界，而地球上的各個國家間的關係處於非常緊張的狀態。

隨時一觸及發。

因為糧食、資源的匱乏，地球上已經沒有辦法再乘載那麼眾多的人口了。

不對，其實應該是可以的。

只要擬定好計畫。

只要適當的遵守規則。

只要不無止境的貪婪。

沒錯，正是因為大國家無止境的貪婪。對他們來說，資源再多也不會有滿足的一天

「而那時候最大的國家。就是你們，福瑞斯國。」說到這裡的時候，彼特狠狠的瞪了我們一眼。

他們擁有龐大的軍事武力以及資源，地球上當時有超過三分之二的資源都掌握在了們手中，但他們還是沒有因此滿足。他們偷偷的建立了一座地下的世界，卻不是想要讓人類都住進去，而只是想要當成自己短暫的防空洞而已。

沒錯，防空洞。

當地下世界建造完畢後，他們躲了進去。就連福瑞斯人都不是全都有資格進入，他們甚至只挑選國家內各個領域的佼佼者以及皇室而已。

在那之後，世界各地降下了核子彈。

「簡直無法相信……」比特語氣哽咽，彷彿那悲壯的場景就在眼前。

不到幾個小時，地球變成了一顆寸草不生的星球。

所有能見的東西都被夷為了平地。

簡直就是一顆死亡行星。

而躲到地底世界的福瑞斯人呢？想必是躲在地底下沾沾自喜吧，他們計畫等五百年輻射消散過後，就要重新回到地上的世界。

那時地球上的一切就都屬於他們了。

「你們過了四千年，依舊沒有長進阿。」比特看著諾斯手上的黑色長方體說，「到了現在，還是只想用核子武器解決一切。」

我們無法插上任何一句話。

「但事情可沒有你們想像的順利——」

全世界上百億的人口之中，還是有極少數的人躲過了核武器的爆炸，在強烈的輻射汙染之下活了下來。但大多身上都出現了某部分的畸形，在所有社會、醫療體系都已經崩潰的世界之下，大部分的人還是喪身了。

輻射會造成基因突變。

所謂的突變，意味著一切都是隨機的。對於智慧物種人類來說，當然大部分都是有害的。但只要機率不為零，也是有可能產生好的變異。不過對基因來講，也沒有所謂的好與壞吧。有小一部分的人腦袋變的異常聰明，很快重新建造了一個高度發展的城市。而有另外一部分的人，擁有了不可解釋的超能力。

「所以其實應該感謝你們給了我們如此方便的能力。」比特用著極其戲謔的口吻說。

五百年後，福瑞斯國的人預計要回到地外世界了。殘存在地球外的人當然是憤恨的不能接受。況且，資金以及權力什麼的在這種時候已經一點也不重要了。

他們擁有的是超能力。

他們到了地下進行了屠殺，並要福瑞斯國的人忘卻過去的一切歷史，根絕一切可能的危險性。包括了使人團結的宗教制度。

沒有趕盡殺絕已經是最大的仁慈了。

「妳知道妳們到底對全人類做了多麼過分的事了嗎？」比特語氣忿恨不平。

「這……不可能。」雖然我這麼說，但剛剛他口中的畫面，卻一幕幕在我腦袋中鮮明的出現。處處吻合。

也許，他說的都是真的。

那一切都是那麼的真實。

「當初沒有將你們的科學發展消滅真是一個錯誤，那些自動化的機器讓你們在地下還可以過上那麼舒服的生活。甚至，居然還製造出了飛機這種東西。在沒有氣流的地下世界，你們居然還可以製造出能夠飛上天的機器，看來你們福瑞斯人可真是大意不得。」

過去的歷史、周遭的科技發展，總有一些讓我不解、感到不協調的地方。在聽完他說的話，感覺一切的脈絡都接了起來。

我們……才是貪婪惡魔的後代嗎？

我倒在地板上。

對這一切無言以對。

「妳覺得妳們還有資格說要回到地面上？還有資格說要什麼自由嗎？讓妳們世世代代苟活在防空洞裡還嫌不夠嗎？」比特憤怒的質問著我們。

「那都是我們祖先做的事情了……」

我話還沒說完，比特就一腳踩到我的頭上。

像是踩小蟲子一般。

「是阿，你們祖先所殺的人，所造下的罪孽，不管過了幾代都還是不夠償還的。」比特說。

「住手！」狄克大喊了一聲。

比特往一旁跳開，我一旁的地面上又多了一道裂痕。

「你是叫狄克吧。」比特對著狄克說，「辛苦你們家族監視了這麼多個年頭，現在你可以回來了。」

「……不，我是福瑞斯城的人。」狄克激動的說著，「我跟嗜血的你們不一樣！」

「嗜血？我想你應該搞錯了吧，我們跟他們比起來哪裡嗜血了？」比特笑了出來：「而且，你不也殺過人了嗎？」

「我……我沒……」狄克陷入了困惑之中。

「你不用感到愧疚，畢竟你殺的是可憎的福瑞斯人嘛。」比特朝狄克的方向走了過去，「你替我們守住了地外世界的祕密。倒不如說，你做的是一件值得讚揚的事。」

狄克雙手抱著自己的頭，雙眼瞪的很大，嘴裡不斷的念念有詞：

「不對……我不知道……」

我想起了那天在屋拉諾巨洞坍方的地面。狄克為了守住地外世界的祕密，而差點害死了諾斯嗎？

甚至，他還笑了。

「沒事了，這些年來辛苦你了。」比特走到了狄克的面前，摸了摸他的頭。

「我只是害怕他們遭遇危險……我只是……」狄克不斷的在口中喃喃自語。

「沒關係的，那些現在都不重要了。」比特溫柔的說。

「我只是……想要看看自己的家鄉……」狄克的精神狀態看起來已經崩潰了。

「看來還有很長的一段路要走，不過沒關係。」比特抬起了頭，看向我們，「好了，知道了你們的罪孽之後，你們也可以去死了。馬爾斯、托伯特，交給你們了。」

「哈哈哈哈，終於說完了嗎。」托伯特大笑，往我們的方向走了一步。

我還沒有看到他的動作，就聽到了波拉的慘叫聲。我轉頭一看，波拉的身體已經被硬生生地分成了兩段，內臟散落了出來。

「啊……」

這下我要怎麼向歐蘿阿姨交代才好。

不，我也已經回不去了。

想像中最壞的事情已經發生了。

「他是無辜的啊！」克莉絲大叫了出來，「不只是他，我們根本什麼也沒做啊！殺了你們祖先的人又不是我們。」

「我們才是無辜的啊。」比特在一旁冷冷地說，「況且不只是我們祖先，是全地球的人。」

托伯特笑著轉向克莉絲，下個瞬間——

傳來了狄克的慘叫聲。

他快速移動到了克莉絲的身邊，把她推開，自己卻沒能躲過那無形的攻擊。

「啊……」

希望之光熄滅了。唯一傷到過地外人的，終究只有超能力啊。我看著托伯特空蕩蕩的右手衣袖這麼想著。

「狄克！」克莉絲慘叫，她抱著滿是鮮血的狄克。

「這樣……應該可以抵銷了吧。」狄克的語氣虛弱。

「狄克，你不要說話了。」克莉絲哭著，她的眼淚不段低落在狄克的臉上，「對不起，我不該覺得你膽小的。」

「我……喜歡你們……我是……福瑞斯人。」狄克用著他最後的力氣，伸出了手，摸了摸克莉絲的臉，「我是不是很奇怪啊……居然覺得最後……能在自己的故鄉死去……是很幸運的事情……」

「狄克，我喜歡你！」

不曉得克莉絲的這句話有沒有傳達到狄克的耳中。

我感到極度的悲憤，但這過於強烈的情緒，卻讓自己連悲鳴也發不出來。

連一滴眼淚也流不出來。

怎麼可以有這種事情。

為了我任性地想要反抗，我的朋友接連犧牲了。

「你連自己的同鄉也殺了！」克莉絲對著托伯特歇斯底里的狂吼。

「哈哈哈哈，肅清叛徒也蠻有趣的嘛。」托伯特狂笑，絲毫沒有理會克莉絲的話。他再度舉起了他的右手。

「等等……」

出聲的是馬爾斯，托伯特停下了他的動作轉頭看去。

「嗯？馬爾斯，怎麼了？」比特問。

「老大，或許過去的那一切事情跟他們真的沒有關係……」馬爾斯語氣有些唯唯諾諾。

「這一切就是他們的祖先造成的。」比特朝著克莉絲揮了揮手，「你不做的話就由我來。」

連慘叫聲也沒有。我不敢回頭看，只聽到一堆肉塊落地的聲音。

連克莉絲也……

「老大，或許我們應該談談。」馬爾斯說。

「馬爾斯，也許你的能力最強，但是我們有很多人可以對付你。」比特這麼說著，托伯特往馬爾斯的方向踏出一步。

一線生機。

面前的這個地外人似乎與其他人不同，他沒有那種殺戮成癮的性格。甚至，他似乎沒有真的動過手。

兩年前也是他救了我。

我快速運轉我的腦袋。要快，這也許是最後一次了。如果我不想出辦法的話，也許我的腦袋等會兒就會落地了。

馬爾斯是可以溝通的人，而且他的能力很強，也許利用他的憐憫之心、利用他的理性。可以把他拉攏到我們這邊。甚至，可以引起他們的內鬨。

這樣的話，情勢就有可能稍稍逆轉。

我們只要先擺出弱勢的姿態，在再次重申過去發生的那些事情並不是我們的所作所為，如果這樣的話……這樣的話……

「你們殺了那麼多人……應該已經夠了吧……過去的那些事情又不是我們做的……」諾斯已經跟我想到了一樣的事情了吧。

是啊，諾斯。

但，同時也不是這樣的。

「你們還敢說這種話阿，我們殺的人跟你們比起來根本是微乎其微。」比特的怒氣反而被點燃了。

「比特大人……」明明馬爾斯的能力比較強大，他還是往後退了一步。

就算在這裡成功反抗了又怎麼樣？就算殺掉了比特又怎麼樣？還有更多的地外人，我們不可能打贏的。

都一樣，一直以來發生的事情都一樣，只不過是不停地輪番上演罷了。

而這次輪到我們了。

要怪誰呢？

要他們內鬨只不過是白日夢罷了，如果再相信那種微弱的幻象之光的話，一切就真的結束了。

現在只剩下唯一一個辦法了。

我深吸了一口氣，試圖將懷疑和畏懼塞到心理感受不到的地方……

哪可能有那種地方。

就算有，那恐懼的心情早已滿溢了出來。

「碰——！」

我將頭用力的砸到地面上，試圖抑制住我的顫抖。發出了巨大的聲響，我感到一陣暈眩，溫熱的液體在我的臉上蔓延：

「比特大人，我們很抱歉。」

「喔？」

「對不起，今天我們嚴重冒犯了各位大人。」我幾乎將我的臉埋進了地面，「請再給我們一次服侍各位大人的機會。」

「事到如今還想投降阿。」比特哼哼說。

我趴在地面上，慢慢地爬到了比特的面前。

親吻了他的腳趾。

「拜託了，不管是怎麼樣的事情我們都願意做，請在我們一次機會。」我雙眼空洞，語氣中已經沒有了任何情緒。

「噗……哈哈哈哈哈！很好、很好！」比特突然笑了出來，笑的高傲而且狂妄，「我就知道妳是這種人，蕾雅，所以我當初才會找妳啊。」

「是，謝謝比特老大的賞識。」我忍住了幾乎要潰堤的情緒，「這次都是我們的錯，不，從以前到現在都是我們福瑞斯人的錯，請原諒我們。」

「蕾雅……」我聽到諾斯的低喃聲。

我……現在是什麼樣子呢？

應該很丟臉吧。

為了苟活而做出這種下賤的事情？

是阿，就算是這樣。

我也得先活下去。

終章　序幕之光

人類之間的戰爭跟對立到底什麼時候才會停止？

從六年前的那天之後，我就不曾停止思考過這個問題。

那一天，我失去了波拉——我討論歷史的好夥伴、克莉絲和狄克——兩個我最要好的朋友。

即使如此，我還是苟活了下來。

我持續的利用空閒時間研究歷史，期間我發現了一件令人驚訝的事實。

自從慢慢的開始知道歷史之後，我就一直思考著一個問題。就算我們是從地外世界來的，那亞特人呢？亞特人的樣子跟我們這麼不一樣，我們肯定不是同個種族。

研究了許多亞特人的古書籍，我發現了一件事情。

這個地下世界，並不是我們福瑞斯人創造的。

早在好幾萬年前，地球的文明早就毀滅過了。

可悲的是，是因為同樣的理由。

因為戰爭。

那時候亞特人建立了這個地下的世界，躲了進來。為了怕重蹈覆轍，他們抹滅了自己文化之中，任何有關競爭的相關事情。

也是因為這樣，他們的智商才會越來越低落。

那一次，地外的世界沒有那麼幸運。人類的文化在地球上滅亡了。

過了好幾萬年，人類好不容易重新出現在地球上，好不容易又有了新的文化。

一直到了我們這一代。

我們……又重蹈覆轍了。

不僅如此，我們到了地底下，甚至還奴役著上一世代留存下來的居民。

就因為他們不懂的競爭、不懂的反抗。

人類，真是可悲。

另外，我也發現了另一件事情，宗教似乎在兩千年前的世界是很蓬勃發展的，幾乎可以靠著宗教來統治一個國家。

那個十字架，也是其中一個宗教的產物。

為了怕地下世界的福瑞斯人團結一心，當初地外人也把我們的宗教文化給毀滅了。

校長深知宗教的力量，才重新創立了一個「巨洞教」。

「蕾雅，我回來了。」諾斯回到了家裡頭。做了一整天的勞力活，他肯定累壞了。

這種被當成奴隸的生活已經過了整整八年多。

「蕾雅，妳不要再叫小狄克做那些奇怪的事情了啦。」諾斯說。

狄克，是我們兩個的小孩。取這個名字，是為了紀念我們死去的好朋友。

話說如此，他的親生父親卻不是諾斯。

他是狄克的小孩。

那一天，我們在地外世界做了那件事情。我懷上了他的小孩。

「蕾雅，妳最近越來越奇怪了，我們找個時間出們走走吧。」

奇怪？

我一點也不奇怪啊。

從那天之後，我就一直朝著同樣的方向筆直的前進。從來沒有改變過。

我們絕對不會這樣一直被奴役下去，他們不會永遠都是這個世界的領導者。一定會出現更厲害的人。

這個世界就是如此可悲的循環著。

我指了指左邊的牆壁。

小狄克一瞬間就飛到了那裡。

我指了指地板。

地板瞬間裂出一條巨縫。

現在他才五歲而已，未來一定大有可為。

如果不懂的反抗，就會像是亞特人他們一樣。即使他們是上個世代最後留下來的人類，失去了競爭性後，也只能被我們奴役著，過著永不見天日的生活。

如果不去競爭，就會成為在下位的人。

我們一定可以再次看到外頭的太陽。

總有一天。

我發誓。

「……」

對著那些死去的人、爸爸媽媽、波拉、克莉絲、狄克發誓。

我看著小狄克。等他長大了之後，會生下更多的後代。那就代表，未來會有更多的福瑞斯人擁有超能力。

我想起了托伯特的那隻斷臂。

如果我們有更多人擁有超能力的話。

到時候……

到時候……

「小狄克，你以後一定要為媽媽報仇。」我摸著他的臉，笑著說。

這次的希望之光，不再是幻象。

「恩！」他笑著對我點了點頭。
笑容就如陽光一般溫暖。
眼神是如此純粹。

（全文完）

後記

首先謝謝拿起這本書並看到這裡的人。不管你是讀完了整本書，或是站在書店隨意翻閱，還是看到一半看不下去直接翻到後記。這緣分都非常難能可貴。

不過，站在書店的那位，還是希望你能支持一下在下的拙作。

我是屬於一拿到小說，就會忍不住先看後記的人，所以在這裡我不會暴雷劇情。

廣吾死了。

原本想要用後記帶個風向，說本作有多麼高的創作理念，每個設定的細節所象徵的意涵。至少這樣，能安定那些看完整本書卻不確定自己讀了什麼的人。

但幾經修稿過後，我也不確定這小說要表達什麼了。

我大概從大二左右開始嘗試寫小說，而這篇小說寫於大四上學期，花了一個多月的時間。當初還直接將本作當成選修小說課的期末作業交了上去。大家交的都是六千字左右的文學小說，只有我上交了篇八萬多字的奇幻小說。並不是我很認真，只是這樣就可以少寫一篇作業了。造成老師和互評的同學困擾真是不好意思。

漫畫家空知英秋[1]說過「畫作品就像在街上展示屁股」。的確，要給別人看自己寫的作品真是十足的羞恥，內心在想什麼感覺都被看光光了。尤其是我的文筆、劇情構思各方面都還不夠成熟。簡直是明知道自己的屁股很難看，卻還要當眾展示的羞恥PLAY一般。

這邊要感謝金車文教基金會及大賞的評審，感謝你們賞識我的醜屁股。也要謝謝秀威的齊安編輯和所有工作人員，讓這場羞恥PLAY可以成立。

小說家西尾維新曾在作品中提到「作家是創造故事的人。但是希望成為作家的人，他們只是在說謊而已。」[2]最近我對這句話有很深的體悟。希望我能精進自己說謊的技術，讓人能夠聽信我的謊言，從中得到一些共鳴。

更甚有一天，我不用再繼續說謊。

高中時，我看了電影《聽說桐島退社了》[3]，並找了原作小說來看，閱讀後的強烈震撼到現在依舊難忘。原來小說可以寫的這麼深入人心，裡頭的情節和人物都帶給我深深的共鳴。像是重新被世界了解，被溫柔的撫摸一般。

從那時候開始，也許想寫小說的種子就悄悄的埋下了。

結果第一本出版的小說，竟然是奇幻小說。這是我始料未及的。平時看的大多是描寫日常心情，頂多就是輕奇幻的小說，以至於我投稿前，還趕緊找了奇幻類型的《來自新世界》[4]來惡補。所以部分情節相似，請不用懷疑，正是我功力不足的證明。

小時候我們都曾幻想過自己長大後的樣子，可能是太空人，又或是演員。隨著年紀漸長，小時候仰望的那片星空已經變得遙不可及。現在是個沒有夢想也不會死的時代，我很害怕變成那樣的大人。正如小野寺布布[5]所說「兩年後當這房子的租約到期時，如果現在這種狀況還是一成不變的話——那到時候，自己就去死吧。」這句話被當成了我的座右銘，為了避免自己在兩年後自殺，我得時時刻刻好好努力才行。

希望有一天我也能寫出那種充滿荒謬和哲學氣息的青春物語。

最後要好好謝謝一路上支持我的人，首先是我自己。接著也要謝謝支持我的家人，願意接納這任性的興趣，畢竟現在寫書根本養不活自己。謝謝我大學的同學及室友的鼓勵，害羞的我當初在宿舍內寫小說躲躲藏藏的，被發現了還說自己是在寫日記。特別感謝嘎哥，他是唯一在小說投稿前幫我完整看完，給了我建議的人。謝謝在前年跨年時跟我一起許下新年新希望的國中死黨，現在出書的願望要達成了。謝謝有鼓勵過我的所有朋友們，你們都比我還要相信自己。謝謝女朋友、謝謝一路上遇到的所有老師、朋友。

我想這一切，都是命運石之門的選擇[6]。

接下來的這段時間，我會努力的健身，多做些深蹲、硬舉的動作。希望日後又要露出屁股的時候，我不會感到害羞，而是自豪地露出挺翹、結實又圓潤的臀肌。

由衷的希望這部作品能成為我的黑歷史。

因為不知道之後還有沒有機會寫後記，所以我亂七八糟寫了一堆，也是順便騙點稿費。謝謝閱讀完整本書的讀者。可能需要很多個你們，這個故事才有可能有續集吧。總之，非常謝謝你們。

如果有興趣，可以去追蹤我的IG及部落格看更多喔。

1 漫畫《銀魂》的作者，集搞笑、熱血、成長於一身的作品，還沒看過的人快去看。

2 出自西尾維新的小說《少女不十分》，其他著作有《物語》系列、《戲言》系列等，並擔綱許多漫畫原作。文字遊戲跟讓人猜不透的劇情以及寫作量令人敬佩。

3 朝井遼的出道作品，其他著作有《何者》、《重生》、《少女不畢業》等，筆觸溫柔，深入人心。

4 貴志佑介的小說作品，講述末世紀的烏托邦世界，隨著主角們的腳步發掘真相。令人震撼。

5 淺野一二〇的漫畫作品《晚安布布》中的主角。超寫實的黑暗致鬱神作。其他著作有《SOLANIN》、《錯位的青春》、《零落》等，都非常值得一看。

6 出自遊戲改編動畫《命運石之門》的名台詞。縝密的劇情及設定，加上其伏筆及人物情感，請務必一看。

釀奇幻55　PG2565

福瑞斯之城

作　　者　廣　吾
責任編輯　喬齊安
圖文排版　黃莉珊
封面設計　劉肇昇

出版策劃　釀出版
製作發行　秀威資訊科技股份有限公司
114 台北市內湖區瑞光路76巷65號1樓
電話：+886-2-2796-3638　傳真：+886-2-2796-1377
服務信箱：service@showwe.com.tw
http://www.showwe.com.tw
郵政劃撥　19563868　戶名：秀威資訊科技股份有限公司
展售門市　國家書店【松江門市】
104 台北市中山區松江路209號1樓
電話：+886-2-2518-0207　傳真：+886-2-2518-0778
網路訂購　秀威網路書店：https://store.showwe.tw
國家網路書店：https://www.govbooks.com.tw
法律顧問　毛國樑　律師
總 經 銷　聯合發行股份有限公司
231新北市新店區寶橋路235巷6弄6號4F
電話：+886-2-2917-8022　傳真：+886-2-2915-6275

出版日期　2021年4月　BOD一版
定　　價　330元

國家圖書館出版品預行編目

福瑞斯之城 / 廣吾著. -- 一版. -- 臺北市 : 釀出版,2021.04
面；　公分. -- (釀奇幻 ; 55)
BOD版
ISBN 978-986-445-458-7(平裝)

863.57　　110004261

讀者回函卡

感謝您購買本書，為提升服務品質，請填妥以下資料，將讀者回函卡直接寄回或傳真本公司，收到您的寶貴意見後，我們會收藏記錄及檢討，謝謝！如您需要了解本公司最新出版書目、購書優惠或企劃活動，歡迎您上網查詢或下載相關資料：http:// www.showwe.com.tw

您購買的書名：________________________________

出生日期：__________年__________月__________日

學歷：□高中（含）以下　□大專　□研究所（含）以上

職業：□製造業　□金融業　□資訊業　□軍警　□傳播業　□自由業

□服務業　□公務員　□教職　□學生　□家管　□其它_____

購書地點：□網路書店　□實體書店　□書展　□郵購　□贈閱　□其他

您從何得知本書的消息？

□網路書店　□實體書店　□網路搜尋　□電子報　□書訊　□雜誌

□傳播媒體　□親友推薦　□網站推薦　□部落格　□其他__________

您對本書的評價：（請填代號　1.非常滿意　2.滿意　3.尚可　4.再改進）

封面設計____　版面編排____　內容____　文／譯筆____　價格____

讀完書後您覺得：

□很有收穫　□有收穫　□收穫不多　□沒收穫

對我們的建議：________________________________

____

____

____

請貼
郵票

11466
台北市內湖區瑞光路 76 巷 65 號 1 樓
秀威資訊科技股份有限公司 收
BOD 數位出版事業部

（請沿線對折寄回，謝謝！）

姓　　名：____________ 年齡：______ 性別：□女 □男

郵遞區號：□□□□□

地　　址：______________________

聯絡電話：(日) ____________ (夜) ____________

E-mail：______________________